Katarina Mazetti

Jede Menge Ohrenzeugen

SERIE PIPER

Zu diesem Buch

»Kein einziger Augenzeuge, aber siebzigtausend verdammte Ohrenzeugen!« Die Polizei in der nordschwedischen Kleinstadt ist ratlos, als der Produzent des beliebten Frühstücksfunks bei laufender Sendung ermordet wird. Von einem Tag auf den anderen verändert sich der Alltag der Jungjournalistin Malla aus Stockholm, die gerade ein Praktikum bei dem Lokalsender macht. Es gibt keine Spur von einem Täter, dafür aber jede Menge Tatmotive. Schließlich hätten manche aus dem skurrilen Redaktionsteam gute Gründe gehabt, dem selbstbewußten Frauenhelden den Tod zu wünschen ... Mit viel Situationskomik erzählt Katarina Mazetti nach ihrem Erfolgsroman »Der Kerl vom Land« eine ungewöhnliche und augenzwinkernde Kriminalgeschichte.

Katarina Mazetti, geboren 1944 in Stockholm, arbeitet nach einer Ausbildung als Lehrerin und Journalistin für den schwedischen Rundfunk. Sie hat vier Kinder und lebt im südschwedischen Lund. Auf deutsch liegen außerdem ihre Kinder- und Jugendbücher »Trolls Zauberkeller«, »Los Angeles und zurück« und »Es ist Schluß zwischen Gott und mir« sowie ihr Erfolgsroman »Der Kerl vom Land« vor, der in Schweden monatelang auf den obersten Rängen der Bestsellerlisten stand.

Katarina Mazetti

Jede Menge Ohrenzeugen

Roman

Aus dem Schwedischen von
Lotta Rüegger und Holger Wolandt

Piper München Zürich

Von Katarina Mazetti liegen in der Serie Piper vor:
Der Kerl vom Land (3460)
Jede Menge Ohrenzeugen (4193, Piper Original 7045)

Ungekürzte Taschenbuchausgabe
September 2004

Titel der schwedischen Originalausgabe:
»Tyst! Du är död!«

vermittelt über Agentur Literatur Gudrun Hebel, Berlin
Umschlag/Bildredaktion: Büro Hamburg
Isabel Bünermann, Friederike Franz,
Charlotte Wippermann, Katharina Oesten
Foto Umschlagvorderseite: Roine Magnusson/getty images
Satz: Satz für Satz. Barbara Reischmann, Leutkirch
Druck und Bindung: Clausen & Bosse, Leck
Printed in Germany ISBN 3-492-24193-X

www.piper.de

Inhalt

Eventuelle Ähnlichkeiten mit lebenden oder toten Angestellten oder ehemaligen Angestellten bei einem der Lokalsender von Sveriges Radio werden hiermit freundlich, aber bestimmt zurückgewiesen.

Die Autorin

Angestellte von Sveriges Radio Nordost, Distrikt Böleå:

Erzähler:

Malla Vilhelmsson, Praktikantin der Stockholmer Journalistenhochschule, schikaniert, gestreßt und gehetzt vom Nachrichtenchef und vom Aussehen her gut zum Beschatten geeignet (unauffällig).

Haqvin Storfjell, mystischer Do-it-yourself-Schamane und Musikredakteur, hält sich im Glasverschlag auf und kehrt seine Schokoladenseite nach innen.

Weitere Angestellte, sortiert nach ihrem Arbeitsplatz im Funkhaus:

Erdgeschoß:

Carina Sällström, Empfangsdame und Telefonistin, kehrt ihre Schokoladenseite nach außen. Denkt nur an sich, empfindet jedoch bisweilen Mitgefühl mit kleinen zotteligen Tieren.

David Mård, genannt Dave, Techniker, lebt bis auf weiteres mit Carina zusammen. Gutaussehend, arm und findig, was Technisches betrifft.

Maria Malmström, genannt MaMa, technische Assistentin,

kümmert sich um alle Bedürftigen. Reich, freundlich und über beide Ohren in den falschen Mann verliebt (ihren eigenen).

Obergeschoß:

Richard Malmström, Produzent aller lokalen Morgensendungen und Hobbysadist, läßt alle erschaudern, allerdings nicht nur vor Unbehagen.

Bengt Hedning, genannt Benke, Nachrichtenchef von P 4, ist eigentlich der Meinung, Nachrichten sollten ohne Rücksicht auf mögliche Konsequenzen verbreitet werden, muß seine Ansicht jedoch revidieren.

Samuel Broo und Tomas Rask, Sam & Tom, verliebte Praktikanten, die alles zusammen machen.

Kerstin »Che« Vällivara, ehemalige Göttin mit Format. Hat möglicherweise eine terroristische Vergangenheit.

Stig Sollén, der Quartalssäufer, ist mit seiner Arbeit etwa ein Jahr im Rückstand.

Nils Boström, Senderchef, genannt Nisse-Boß, graumelierte Erscheinung, immer gut für Überraschungen.

Beurlaubt und daher nicht Teil der Handlung:

Sia Fredholm, Produzentin von Schulfunksendungen.

Annika Greiz, genannt Geiz, Buchhalterin.

Sein boshaftes, schrilles Gelächter hallte aus vier großen Lautsprechern durch den Raum und füllte die stickige Luft des ungelüfteten Studios, bis es von der schallisolierenden Wandbespannung verschluckt wurde.

Immer und immer wieder.

Und zwischen den Lachsalven dieses typische lange, pfeifende Einatmen. Er litt an Asthma. Ich preßte die Hände an die Ohren, legte die Stirn auf die Knie und kniff die Augen zu, bis ich bläuliche Blitze sah.

»Ruuuhe!«

Aber ich wurde dieses Geräusch einfach nicht los. Es brachte die Schädeldecke zum Schwingen.

Immer und immer wieder.

Ich richtete mich auf und schrie, bis sich meine Stimme überschlug.

»Gib Ruhe!

Du bist tot!

Du bist tot!

Du bist tooot!«

Und plötzlich war es ohrenbetäubend still.

Die Schöne, das Biest und andere Kollegen

An: <jonas.mansson@norrlands.folkblad.se>
Von: <malla.vilhelm@radionordost.sr.se>

Meine Güte, wie ich das Aufstehen in dieser Stadt hasse.

Angenommen, du bist vom Klingeln des Weckers tatsächlich wach geworden und *nicht* wieder eingeschlafen oder an deiner freudlosen Portion Vierkornmüsli erstickt, angenommen, du hast dir keinen Kaffee über deinen einzigen sauberen Pullover gekippt, die beiden Lederhandschuhe und die Monatskarte gefunden und dich rechtzeitig zur Bushaltestelle geschleppt. Das Thermometer zeigt minus achtzehn Grad, und die Brille beschlägt sofort. Du machst einen falschen Schritt, fällst in den riesigen Schneewall, den der Schneepflug vor deiner Haustür aufgeworfen hat, und verlierst den einen Stiefel.

Während du im Schnee sitzt und ihn wieder anzuziehen versuchst, stellst du fest, daß die Katze letzte Nacht in den Stiefel gemacht haben muß. Dir bleibt nur die Wahl, umzukehren und zu spät zur Morgenbesprechung zu kommen oder ihn zuzuschnüren und den ganzen Tag mit einem grauenvollen Geheimnis unter der Fußsohle herumzulaufen. An der Bushaltestelle versuchen sich zweiundvierzig Personen auf einmal ins Wartehäuschen zu drängen, um den Eismeerwinden in Orkanstärke zu entgehen. Als der Bus kommt, ist er so voll, daß der Fahrer nur kurz die Tür öffnet und brüllt, es käme gleich ein Einsatzwagen. Er lügt.

Womöglich glaubst du, es könnte dir gelingen, deinen alten Audi anzuwerfen, dessen Motorheizung die ganze Nacht auf Hochtouren gelaufen ist. Das Schloß ist eingefroren, du versuchst es mit dem Feuerzeug aufzutauen, und mit deinen klammen Fingern läßt du es natürlich sofort in den Schnee fallen. Du zwängst dich durch eine versehentlich nicht abgeschlossene Fondtür, während dir deine Nachbarn grinsend durch ihre beheizbaren Heckscheiben zuwinken. Du brauchst zwanzig Minuten, um ein kleines Guckloch in der Windschutzscheibe freizulegen, und weitere zwanzig, um den Schnee hinter dem Auto wegzuschippen, damit du rückwärts ausparken kannst.

Falls der Wagen jetzt wider Erwarten anspringen sollte, bleibst du sofort im Schneewall stecken, den der Schneepflug vor die Ausfahrt geschoben hat. Soeben haben die Nachbarn in ihren angenehm temperierten Turbomonstern mit Allradantrieb denselben Wall mühelos bewältigt. Das eingefrorene Schloß der Fahrertür, die du von innen geöffnet hast, klemmt. Sie läßt sich nicht mehr schließen und fliegt jedesmal auf, wenn du um eine Kurve fährst. Der Wind vom Eismeer füllt den Innenraum. Mit Rauhreif an den Brauen erscheinst du endlich in der Arbeit.

»Wurde aber auch Zeit!« sagt Bengt Hedning säuerlich. Die Morgenbesprechung ist soeben vorbei, und alle eilen von dannen. Sich bei der Morgenbesprechung zu verspäten ist eine Todsünde.

Bengt, der Nachrichtenchef, haßt dich, da du eine Praktikantin von der Journalistenhochschule bist. Diese muß er Jahr für Jahr aufs neue über sich ergehen lassen wie einen lästigen Heuschnupfen. Diese Heimsuchungen sind zwar nicht tödlich, aber, solange sie anhalten, äußerst unangenehm. »Nachlässig und gedankenlos«, schnauzt er mich an, und bei mir hat er damit leider recht. Praktikanten bremsen das Arbeitstempo, gießen Kaffee ins Mischpult, stellen dumme Fragen, glauben, daß sie alles können, und löschen versehentlich Beiträge, die viele Stunden Arbeit gekostet haben. Seine Zeit sei ihm zu kostbar, sagt er und übergibt dich an Maria Malmström, genannt MaMa.

Und eine Mama ist sie wirklich. Kinder hat sie keine, aber all die ungenutzte Mütterlichkeit ihrer fünfundvierzig Jahre ergießt sich wie eine Gnadensonne über verschreckte Praktikanten, angetrunkene und/oder frisch geschiedene Reporter, überarbeitete Produzenten und einen leicht paranoiden Chef. Sie selbst hat eine untergeordnete Position als technische Assistentin, obwohl sie hier im Funkhaus die größte Erfahrung hat. Es hängt ihr nach, daß sie ihr Gewerbe zu einer Zeit erlernte, als die Tontechniker noch mit den Reportern loszogen und ihnen das Tonband trugen.

Nun assistiert sie David Mård, dem »Cheftechniker«, der nur für sie der Chef ist, denn im Funkhaus gibt es nur diese beiden Tontechniker. Er ist neunundzwanzig Jahre, und da er ein Mann und noch halbwegs jung ist, geht die Direktion davon aus, daß er die Computer bis zur Perfektion beherrscht. Daß er peinlich wenig über ältere Techniken weiß, die immer noch hier und da in Gebrauch sind, Spulentonbänder beispielsweise, sieht man ihm dabei gerne nach – denn es dient eigentlich nur als Beweis dafür, daß er ein Computergenie ist. Allerdings stellt die aufgeweckte Praktikantin schon bald fest, daß dies nicht den Tatsachen entspricht. Wenn man David mit Computerfragen konfrontiert, auf die er keine Antwort weiß, erwidert er patzig, es sei nicht seine Aufgabe, Praktikantinnen auszubilden – dumm ist er schließlich nicht! Dann geht man statt dessen zu MaMa, die rasch die aufgetretenen Probleme löst, indem ihre kleinen weißen Finger mit den silbern lackierten Nägeln rasch wie Vögel über die Tasten fliegen. Denn *sie* ist das eigentliche Computergenie, wenn auch in aller Stille. Ich habe einmal versucht, die Kollegen in der Mittagspause darauf hinzuweisen, aber sie brachte mich zum Schweigen, damit David sich nicht herabgesetzt vorkäme.

Übrigens will David von allen nur Dave genannt werden. Inzwischen schuldet er mir sicher schon zehn Schachteln Zigaretten. Er raucht wie ein Schlot und hat nie eigene dabei. Ich glaube, daß er ständig Pleite ist, zumindest habe ich Carina so verstanden. Das ist seine Freundin und gleichzeitig unsere Telefonistin. Sie stichelt öfter mal herum, weil er es sich nicht mal leisten kann, sie ins Kino einzuladen, und Feingefühl ist nicht gerade ihre starke Seite. »Dave hat schon wieder keine Kohle, ich glaub, ich leg mir 'nen anderen Freund zu«, sagt sie und wirft mir einen derart blauen Blick zu, daß ich unwillkürlich an den weiten – und leeren – Himmel denken muß. Dann tut mir Dave immer leid, und ich biete ihm eine Extrazigarette an. »Die Zigaretten kannst du dir schenken. Im Bett ist nämlich auch nix mit ihm los, brauchst dir keine Hoffnungen zu machen«, meint sie freundlich. Da erröten Dave und ich und sehen uns unglücklich aus den Augenwinkeln an.

Ansonsten ist Carina vermutlich das, was man als nett bezeichnet: Sie ist entsetzt, wenn sie in einer der beiden Abendzeitungen einen Artikel über behinderte Kinder oder Tierquälerei liest. »Wie *schräcklich*!!!« seufzt sie. Das Bemerkenswerteste an ihr ist, daß sie aussieht wie eine Kandidatin für den Miss-Schweden-Wettbewerb, langbeinig, weizenblond, mit einer klassischen, geraden Nase – eigentlich fehlt nur die Schärpe über dem Miss-Schweden-Busen.

Mir hat sie nie etwas getan. Sie lächelt stets, wenn man kommt, und ist hilfsbereit, auch wenn man nicht darum gebeten hat. Meistens geht es schief, denn sie ist nicht sonderlich clever, aber dafür verdammt resolut. Ich könnte mir vorstellen, daß sie beim Puzzlelegen die Teile, die nicht gleich passen, zurechtsägen, dann an Ort und Stelle pressen und sich schließlich darüber beklagen würde, das Spiel sei eine Fehlkonstruktion. Bestimmt bekäme sie im Laden sogar ihr Geld zurück. Sie kann derart mit den Wimpern klimpern, daß die Vorhänge im Luftzug waagerecht stehen.

Mir ist aufgefallen, daß sie immer ihren Willen durchsetzt. Aber wenn jemand, dem ich seit mehreren Tagen hinterhertelefoniert habe, zurückrufen will und bei Carina in der Vermittlung landet, kann es ohne weiteres passieren, daß sie ihn ohne mit der Wimper zu zucken abfertigt: »Na ja, da haben Sie sich ja ganz schön Zeit gelassen. Jetzt ist sie gerade zu Tisch!« Dann legt sie auf, ohne sich seine Nummer aufzuschreiben. Das erzählt sie mir anschließend freudestrahlend und ist zutiefst verletzt, wenn ich nicht dankbar bin.

An dieser Mail habe ich den ganzen Tag gefeilt, während ich darauf warte, daß genau so ein Mensch sich ein Herz faßt und noch mal anruft. Er hat Informationen über einen städtischen Schwarzbau, die ich unbedingt brauche. Ein heißer Tip von einem Hörer. Sobald ich nur eine einzige Sekunde den Blick vom Bildschirm hebe, hält Bengt Hedning mich für unterbeschäftigt und jagt mich in die Stadt, um eine dieser sinnlosen Hörerbefragungen durchzuführen, die er so gerne als Lückenbüßer nimmt. Seine Spezialität, die er uns, dem Fußvolk, aufzwingt, ist es, die Leute dazu zu bringen, auf heikle Fragen zu antworten, indem er diese in eine ganze Fragenbatterie einbaut. Zum Beispiel: »Wie schützen Sie sich gegen die Kälte? Haben Sie dieses Jahr eine Steuerrückzahlung erhalten? Nicht? Haben Sie schon mal Analsex ausprobiert?« Es gibt Leute, die so schockiert sind, daß sie diese Frage wirklich beantworten, aber früher oder später werden sie wahnsinnig wütend auf dich.

Es ist jetzt ganz schön ausführlich geworden, aber Du hast selbst gesagt, daß Du alles über meinen Job beim Radio wissen willst, weil Du eine Alternative brauchst, falls Norrlands Folkblad Dir eines Tages gänzlich die Nerven zerrüttet.

Vergiß es! Wir sind hier nur zu vierzehnt, und mindestens dreizehn von uns befürchten, ihre Arbeit zu verlieren oder als Sportreporter in die Pampa geschickt zu werden.

Deine einzige Freundin

Malla

/senden/

Im Glasverschlag I

Irgendwas hier im Funkhaus stimmt nicht. Irgendwas am Rand meines inneren Gesichtsfelds bewegt sich, verstohlen, wachsam und scheu wie ein Tier im Wald. Sobald ich mein inneres Auge darauf richte, verschwindet es oder erstarrt, wird eins mit dem Hintergrund und ist in dem allgemeinen Lärm, der hier immer herrscht, nicht mehr zu hören. Zwischen den Menschen vollzieht sich etwas, was ich nie zuvor verspürt habe. Es geht um Haß und Tod, um lang anhaltenden Schrecken und Lust. Ich werde fast wahnsinnig vor Angst, und zum ersten Mal, seit ich hier bin, will ich mich verstecken, mich vor den bösen Blicken schützen und vor den Gefühlen, die die Atemluft verpesten. Aber wie soll man sich in einem Raum aus Glas verstecken?

Zum ersten Mal empfinde ich eine Unsicherheit und eine direkte Bedrohung, wenn ich den Blick auf meine Kollegen richte. Natürlich bin ich ihre Sticheleien und Gemeinheiten gewohnt, ich habe gehört, wie sie nacheinander schnappen, manchmal mit ziemlich scharfen Zähnen. Doch sie kamen mir am ehesten vor wie ein Wurf junger Füchse, die sich balgen, nacheinander schnappen und herumtollen. Jetzt allerdings brodelt es ganz anders unter der Oberfläche.

Ich höre das widerliche Knirschen von Metall auf Knochen und nehme den Geruch von Blut wahr …

Ich muß diese Gedanken beiseite schieben. Sofort!

Und meine Kollegen so sehen wie sonst auch, wenn sie jetzt die Treppe heraufkommen, einer nach dem anderen, und im Pausenraum verschwinden.

»Alter Guru« hat David mich dieser Tage genannt. Ich sitze hier oben hinter meiner Glaswand und überblicke alles, zumindest auf diesem Stockwerk.

David sitzt bereits im Pausenraum und löffelt etwas aus einer Pappverpackung. Ein netter Junge, aber Tischmanieren hat er keine. Immer hat er Angst, daß jemand seine Behauptungen hinterfragen könnte, und hüpft verzweifelt zwischen seinen bruchstückhaften Kenntnissen hin und her wie zwischen Eisschollen.

Seiner Freundin Carina scheinen sowohl Tischmanieren als auch Fachkenntnisse egal zu sein – außerdem hat er ihr wohl noch nie sonderlich viel bedeutet. Sicher hat sie ihn damals genommen, weil er gut aussieht, dunkel und sonnengebräunt, was gut zu ihrer Modelschönheit paßt.

Aber sie hat ihm bereits wegen diesem anderen den Laufpaß gegeben, allerdings weiß ich nicht, ob nur in Gedanken oder schon in der Realität. Wenn sie ihn eines Tages verläßt, wird sie keine Skrupel haben.

Carina ist weder gut noch böse, weder nett noch gemein – sie ist vollkommen amoralisch und wird nur von einer einzigen Sache beherrscht: Was ihren Bedürfnissen und Launen entspricht, ist recht und billig. Wenn sie ihren neuen Kerl seiner Ehefrau ausspannt, wird sie zu dieser sagen: »Hör mal, ich liebe ihn doch, das mußt du verstehen! Aber wir können doch trotzdem Freundinnen bleiben, oder?« Und sie wird nicht begreifen, warum dieser Vorschlag nicht auf Gegenliebe stößt.

Für David suche ich heute aus »I should have known better with a girl like you«. Und für Carina »I'm just an old-fashioned girl ... who wants an old-fashioned millionaire ...«

Für Maria, seine Frau, spiele ich »Fische im Meer«. Vielleicht ist es aber auch Zeit für »Das Leben hat mich schon betrogen«? Und für ihn spiele ich überhaupt nichts, denn ich gönne ihm keinen Ton. Er ist ein abscheulicher Mensch.

Gerade kommt Nils vorbei. Er lächelt mir immer so herzlich zu, mehr wie ein alter Freund als wie ein Chef. Das hat nichts damit zu tun, daß ich der einzige bin, der sein Geheimnis kennt. Er weiß, daß ich es weiß, aber er weiß auch, daß ich nichts verrate. Er glaubt, daß niemand im Funkhaus davon weiß, aber es vergeht kein Tag, an dem er sich nicht voller Entsetzen ausmalt, was dann passieren würde. (Das dumpfe, ekelhafte Geräusch, wenn eine scharfe Klinge Knochen zersplittert, und sie versinkt in ... o nein, nein ...)

Obwohl ich mich frage ... Natürlich sind die meisten von ihnen geschwätzig, und sobald einer davon wüßte, würden es bald alle wissen. Allerdings habe ich das Gefühl, daß jemand anders Nils' wundem Punkt auf der Spur ist und seine Erkenntnis noch für sich behält, um sie bei geeigneter Gelegenheit zu verwenden. In dem Fall weiß ich, wer es ist.

Vielleicht sollte ich Nils etwas auf den Arm nehmen und »I'm a lumberjack« spielen? Er würde als einziger die Anspielung verstehen. Den anderen würde nicht im Traum einfallen, meine Musikauswahl nach kleinen persönlichen Grüßen zu durchforsten. Schließlich tue ich das auch nicht für sie, sondern mehr zum eigenen Vergnügen. Der Spaß besteht schließlich gerade darin, ihnen irgendwo in den Räumen des Senders zu begegnen und sie etwas summen zu hören, was ich beim Zusammenstellen der Musik fürs Lokalprogramm eigens für sie ausgesucht habe. Es ist schon bemerkenswert, daß unser Unterbewußtsein Liedtexte zur Hilfe nimmt, um Dinge zu bearbeiten, die einem zu schaffen machen. Als Kerstin sich gerade hatte scheiden lassen, brachte ich sie dazu, den ganzen Tag lang folgendes Lied zu pfeifen:

Don't know why
there's no sun up in the sky
stormy weather
since my man and I ain't together
keeps raining all the time …

Ich denke, es hat ihr geholfen, ihr eine Art Erleichterung verschafft.

Gestern gingen Sam und Tom Hand in Hand und trällerten eine Ballade von Eva Dahlgren, die ich für sie ausgesucht hatte. Wirklich rührend. Und für Bengt, diesen Querkopf, habe ich den alten Groucho-Marx-Song »Whatever it is, I'm against it« gespielt – dabei ist Bengt ein harter Brocken, der Musik nur als unnötige Unterbrechung der Nachrichtenvermittlung betrachtet.

Ich glaube, Musik ist eine der wenigen direkten Verbindungen zwischen unserem Über-Ich und unserem Unterbewußtsein. Es wäre dumm, sich dieses Weges nicht zu bedienen, wenn man sich selbst kennenlernen will. Ich registriere immer sehr genau, was ich zufällig vor mich hinsinge, und meist muß ich schmunzeln – die bruchstückhaften Texte bringen immer recht genau auf den Punkt, worüber ich gerade nachgedacht habe, auch wenn es nur etwas Banales ist wie: »I want to go home, oh, how I want to go home.«

Allerdings weiß ich nur selten, was ich für Malla spielen soll, diese große Praktikantin mit Brille, die ständig über ihre eigenen Füße stolpert. Sie kann kaum älter als fünfundzwanzig sein, was für Liedtexte kennt sie wohl? Was weiß ich schon von der »Musik« ihrer Generation, die in meinen Ohren immer so klingt, als würde sie von einem Zufallsgenerator erzeugt? Eine maschinell erzeugte Folge von Rhythmusfragmenten …

Stig scheint heute nüchtern zu sein, er kommt problemlos die Treppe hoch. Vielleicht hat er es für dieses Mal überstanden? Ich habe keine Ahnung, was ich für ihn tun kann. Soll ich »Bottle of wine, fruit of the vine, when're you gonna let me get sober« spielen? Oder sehnt er sich bei solchen Liedern einfach nur nach dem nächsten Glas? Vielleicht sollte ich »So bitterkalt weht der Nordwind« spielen und damit an sein Gewissen appellieren? Denn ich weiß, daß der Suff ihn Frau und Kind gekostet hat. Ach nein, das wäre zu grausam! Er ist in keiner guten Verfassung. Ich spüre, daß er kurz vor dem Nervenzusammenbruch steht. Etwas scheint in den letzten Tagen passiert zu sein, nur sehe ich noch nicht, was. Stigs Gedanken lassen sich nur schwer lesen, weil er sie zu oft in billigem Malt-Whisky auflöst.

(Ob er in seinem Kopf wohl auch dieses Geräusch hört, diesen dumpfen, feuchten Schlag, ob er das klebrige Blut erstarren sieht ...?)

Duett für zwei Etagen

Erdgeschoß

An: <jonas.mansson@norrlands.folkblad.se>
Von: <malla.vilhelm@radionordost.sr.se>

Wo war ich gleich wieder? Richtig, MaMa kümmert sich also gerade um dich, nachdem dich Bengt durch die Mangel gedreht und weggeworfen hat. Sie organisiert eine Tasse Kaffee und holt ein paar leckere Kekse aus ihrem privaten Vorrat, gibt dir ein Tuch, damit du dir die Brille putzen kannst, und dann sitzt sie eine Weile neben dir und erzählt dir von den Schnitzern, die sie selbst in ihrem Berufsleben gemacht hat, was irgendwie tröstlich ist. Ihr sitzt so da, bis der Säufer Stig Sollén hereingetorkelt kommt. Er scheint sich auf dem Weg zur Treppe zu befinden. Mit MaMa an seiner Seite kommt er mit den Stufen zurecht – außer mit der letzten, so daß er fast ins Plattenarchiv fällt. Diskret zieht MaMa die Tür hinter ihm zu, da der Senderchef jeden Moment auftauchen kann. Er erscheint immer eine halbe Stunde nach seinen Mitarbeitern, vielleicht aus Prinzip.

Dieser Nils Boström ist schon lustig – alle wissen, daß er noch bleibt, wenn die anderen nach Hause gehen, und sich die halbe Nacht abrackert, um seinen Job perfekt zu machen. Er will aber den Eindruck erwecken, ein begnadeter

Chef zu sein und die ganze Arbeit ganz nebenbei mühelos zu bewältigen. Ich bin zwar jung, aber eines weiß ich über die Menschen, nämlich daß ich sie überhaupt nicht verstehe. Stell dir vor, du bist der oberste Boß und schuftest dich fast zu Tode – und noch dazu heimlich!

Während Nisse-Boß mit jovialem Nicken in alle Richtungen an uns vorübergeschritten ist, hat MaMa längst ein Taxi gerufen und den Heimtransport von Stig organisiert. Falls jemand nach ihm fragt, wird sie unbekümmert behaupten, er sei irgendwo auf einem Kammermusikfestival, sie erinnere sich jedoch nicht mehr genau, wo. Stig ist Musikredakteur beim Klassiksender P2 und hat die etwas veraltete Auffassung, wirklich gebildete und kultivierte Menschen seien Bohemiens, die kommen und gehen, wie es ihnen paßt. Diese Auffassung teilt die Musikredaktion in Stockholm, der er zugeordnet ist, jedoch nicht. Bald wird Stig vor der Wahl stehen, eine Entziehungskur über sich ergehen zu lassen oder als Conférencier der örtlichen Tanzmusikabende zu enden, die vom Sender mitproduziert werden. Alle wissen, daß Stig sich lieber an seinem Schlips aufhängen würde, als sich Tanzmusik auszusetzen.

Dieses Gerücht habe ich unlängst im Pausenraum gehört – von dem einzigen Menschen hier beim Sender, mit dem ich ernsthafte Probleme habe. Ja, ich weiß, daß es sich so anhören muß, als würde ich alle außer MaMa verabscheuen, aber das ist nur eine Fingerübung, was den Senderjargon angeht. Bei meinen Kollegen hört sich das immer so an, obwohl sie meist zusammenhalten wie Pech und Schwefel (außer wenn sie sich bei üblen persönlichen Auseinandersetzungen anfeinden, was eher selten vorkommt, aber doch ab und an einen unangenehmen Windhauch in die gute Alltagsstimmung bringt, wie von einer undichten Gasleitung).

Mit Richard Malmström, MaMas Mann und Produzent der lokalen Morgensendungen, habe ich allerdings Probleme. Dabei hat mich sein interessantes Aussehen fast umgehauen, als ich an MaMas Arm meine erste Führung durchs Funkhaus machte. Er sieht aus wie eine Mischung aus Ernest Hemingway und Sean Connery – groß, muskulös und braunäugig, mit kräftigem, dunklem, graumeliertem Haar und grauem Dreitagebart. Trägt gerne schicke, aber unauffällige schwarze oder dunkelblaue Pullover (die MaMa strickt). Es heißt, daß er in seiner Freizeit Bücher schreibt, und natürlich wird er Papa genannt.

Er nahm meinen Arm, während MaMa ergeben davoneilte, um sich anderen Aufgaben zu widmen – in seiner Gegenwart scheint sie stets zu schrumpfen. Dann führte er mich einen halben Tag lang herum. Lag mir mit bösartigem Klatsch über alle und jeden in den Ohren, wollte mich zum Mittagessen einladen und erbot sich, abends länger zu bleiben, um mich in die Geheimnisse des Schneidens einzuführen – wobei ein rotes Warnlämpchen in meinem Hinterkopf aufleuchtete. Schließlich legte er mir wie zufällig eine große braune und muskulöse Hand auf den Hintern, als ich mich über das Mischpult beugte. Ich schüttelte die Hand ab, schlug die Einladung zum Mittagessen aus und rauschte mit hochroten Wangen aus dem Studio. Seither bin ich Luft für ihn, außer wenn er mir im Vorbeigehen irgendeine Bosheit in die Ohren zischt. MaMa sah, wie ich aus dem Studio schoß, lächelte und erklärte: »Weißt du, Richard ist ein Mann, der Gefallen an hübschen Mädchen findet, er meint es nicht böse ...« Ist sie etwa auch seine Mama?

Richards Lieblingsopfer hier im Rundfunkhaus ist Kerstin Vällivaara, die Programmproduzentin, die nachmittags seine Arbeit übernimmt. Richard nennt sie Che Guevara oder einfach nur Che. Während der Führung durch den Sender hat er mich ausführlich und voller Schadenfreude über ihre Vergangenheit aufgeklärt. Früher fand sie es wunderbar, Che genannt zu werden, das war vor vielen Jahren, als sie frisch von der Journalistenhochschule kam. Sie begeisterte sich für die Revolution und wollte das Mikrofon in den Dienst des Volkes stellen. Zusammen mit einer bunten Truppe Lokalredakteure, die sich alle ein wenig in ihre zerbrechliche, weißblonde Erscheinung verliebt hatten, zog sie in der Provinz herum und ließ die Leute im Radio im großen und ganzen das sagen, was ihnen gefiel. Das konnte natürlich nicht gut gehen. Zwei Verleumdungsklagen, bösartige persönliche Streitigkeiten in mehr als einer Gemeinde und eine Handvoll Klagen beim Rundfunkrat. Die Leserbriefseiten der Lokalzeitungen waren voller gehässiger Angriffe auf den Lokalsender, und Che behielt ihren Job nur mit knapper Not.

Jetzt nutzt Richard jede Gelegenheit, wegen ihrer Vergangenheit herumzusticheln, die fünfundzwanzig Jahre und ebensoviele Kilos zurückliegt. Che ist heute eine stabile Dame mit messinggelbem Haar, und Richard ist sich nicht zu schade, auch faule Tricks anzuwenden. Wenn sie im Pausenraum sitzt und zurückhaltende Kritik an der Konsumgesellschaft übt, schaut er vielsagend auf ihren Bauch und meint grinsend, daß sie selbst ja wohl auch ganz gerne konsumiere. Wenn sie sich für bessere Kindertagesstätten ausspricht, fällt er ihr ins Wort, daß das doch wohl kaum ihr Spezialgebiet sein dürfte. Kerstin ist frisch geschieden und hat keine Kinder. Das hat Richard zwar auch nicht, aber niemand würde auf den Gedanken kommen, sich deswegen über *ihn* lustig zu machen. »Ich wollte mir die Figur nicht dadurch verderben, einen Kinderwagen durch die Gegend zu schleifen!« sagt er und klopft sich zufrieden auf seinen Waschbrettbauch. Er ist der einzige beim Sender, der regelmäßig ins Fitneßstudio geht, der Arbeitgeber zahlt uns die Mitgliedskarte.

Du, Jonas, jetzt bin ich sie alle leid. Ich könnte Dir noch von den anderen erzählen, aber wahrscheinlich sitzen sie oben im Pausenraum und schaufeln Pizza aus der Mikrowelle (die Männer) und fettfreien Joghurt (die Frauen) in sich rein. Sollen sie doch. Ich habe wie immer vergessen einzukaufen und muß zusehen, daß ich nach Hause zu meiner Katze komme. Im Schneckentempo durch den Schneesturm, die Fahrertür des Audi im festen Griff. Zu Hause werde ich versuchen, meinen Stiefel zu sanieren – aber darüber willst Du vermutlich keine Details wissen ...

Deine treue E-Mail-Freundin
Malla
/senden/

Im Glasverschlag, Obergeschoß

Nein, nein, nein! Ich muß zur Ruhe kommen, muß forschen, untersuchen, muß sie lesen, wie ich sie immer lese.

Ich fange mit dem Einfachsten an. Mit David. Ihn kann ich mühelos entziffern. Ich peile ihn an, sehe seine unglückliche Miene ... schalte meinen Empfänger an ...

... Diese Frikadelle war wirklich verdammt fettig ... Da muß ich wohl heute abend eine Extrarunde Spinning machen ... Was Carina wohl sagen würde, wenn ich plötzlich ein paar Rettungsringe bekäme ... Vermutlich wäre sie gleich über alle Berge ... Das ist sie eh bald ... Das hab ich im Gefühl ... Was sieht sie bloß in diesem Schwein? Könnte ihr Vater sein ... Vielleicht ist er das sogar, dieser verdammte Schürzenjäger ... Sie wird eines abends nach Hause kommen und mir sagen, daß ich ihre Sachen in meinen Kombi packen und zu ihrer neuen Adresse karren soll ... und blöd wie ich bin, werde ich natürlich tun, was sie sagt, wie immer ... Verdammt, gibt es denn keine Möglichkeit, das zu verhindern?

Armer David. Seine Carina ist schwieriger zu deuten. Sie ist mir als Person so fremd, aber bisweilen schnappe ich vereinzelte Gedankenfetzen von ihr auf. Sie ist nicht sonderlich scharfsinnig.

Nicht immer nur Pullover ... Er sollte mehr Leder tragen, das sieht bei Männern in seinem Alter total cool aus ... Vielleicht im Sommer nach Italien, das wäre gerade richtig, und da achten die Leute nicht so sehr auf den Altersunterschied ... Sean Connery als Mönch, den hab ich mal gesehen ... War in Italien, glaub ich ... Schön, nicht darauf achten zu müssen, was die Sachen kosten, ich hab Dave so satt ... Das ist wahre Liebe ... Aber Gnade ihm Gott, wenn er mich fallen läßt ... Irgendwie hat er seine Augen überall ... Ich glaube, er hat sogar die magere Praktikantin angetatscht, die jetzt hier arbeitet ... Malla ...

Oh je, jetzt ist es sicher bald soweit. Mir gefällt das gar nicht. Es wird das empfindliche Gleichgewicht unter meinen lieben Kollegen durcheinanderbringen.

Nils höre ich nur selten ab. Das käme mir zu aufdringlich vor. Er hat seine Geheimnisse und ist darüber so unglücklich. Er hat es wirklich schon schwer genug. Aber manchmal muß ich einfach wissen, wie es weitergeht, vor allem, wenn es uns alle betrifft. Dann bleibe ich abends einfach länger, rede eine Weile mit ihm und folge seinen beruflichen Gedankengängen. Damit trete ich ihm nicht zu nahe, glaube ich zumindest.

Bengt Hedning ist nicht schwer zu deuten, aber uninteressant. Seine mißmutigen Gedanken enthalten nur selten etwas von Bedeutung, aber immerhin ist er jemand, mit dem man rechnen muß. Er ist gerade hereingekommen, Sam und Tom im Schlepptau wie zwei angeleinte Dobermänner.

... Wir waren die ersten. »Dagbladet« hatte den Mord zwar auch schon am Freitag, aber nichts darüber, daß der Täter einen Kreuzschlüssel benutzt hat. Verdammt schwer, einen Mord interessant darzustellen. Meistens sind es ohnehin nur irgendwelche Männer, die ihre Frauen totschlagen,

und zwar noch nicht mal besonders phantasievoll. Oder Prügeleien im Suff vor der Kneipe. Darüber habe ich jetzt fast zwanzig Jahre lang in den Nachrichten berichtet, und dabei sind mir nie irgendwelche verschlossenen Räume oder unwahrscheinlichen Verdächtigen vom Typ »least likely suspect« untergekommen. Dagegen wimmelt es von stumpfen Gegenständen. Alle nehmen, was gerade rumliegt, und schlagen zu – Flaschen, Brotmesser, Steine ... Einem wirklich interessanten Mord würde ich sogar eine Menge Platz einräumen, mit ein paar unerklärlichen Details, ein bißchen Sex kann auch gern dabei sein, und es dürfen ruhig Zweifel daran herrschen, ob der Hauptverdächtige auch wirklich der Täter ist ...

Sieh mal einer an, eine ungewöhnliche und etwas merkwürdige Überlegung unseres Bengt. Ist ihm aufgefallen, daß es auch bei unserem Sender unter der Oberfläche brodelt?

Sam und Tom wechseln nur den typischen Smalltalk unter Lovern. Den ertrage ich heute nicht. Und dann ist da noch Maria, die Ärmste, sie steht jetzt fast vor einer Katastrophe, und ich glaube nicht, daß sie das auch nur im entferntesten ahnt. Aber ich werde sie in Frieden lassen, damit sie sich hier im Funkhaus ihren kleinen Akten der Barmherzigkeit hingeben kann: loyal sein, aufmuntern, abwiegeln, versüßen, vermitteln und einstecken. Maria weicht meinen prüfenden Blicken aus. Sie stellt einen Wandschirm auf und kommt dahinter nicht mehr hervor. Ich weiß nicht, warum sie mir gegenüber immer reservierter ist als die anderen. Offenbar löse ich bei ihr eine allergische Reaktion aus. Sie lächelt, weicht mir aber aus, wenn sie mich sieht.

Kerstin kann ich am besten lesen, wie ein illustriertes Großdruckbuch. Denn wir stehen uns so nahe, sie und ich. Ich bin sie, und sie ist ich. Da kommt sie. Sie sieht so traurig aus. Liebe Kerstin ... »Und die Tränen sind meine, wenn du weinst ...«

Es fühlt sich an wie eine ständige Trauer. Ich traure um das junge Mädchen, das ich einmal war und innerlich immer noch bin, das ich aber im Spiegel nicht mehr wiederfinde. Sie ist weg, unwiederbringlich, als sei sie verstorben. Alle haben Verständnis dafür, wenn man um einen nahestehenden Menschen trauert, der verschwindet und von dem man weiß, daß er nie mehr zurückkommt. Aber wenn diese Person man selbst ist? Vor zwanzig Jahren warst du Schneewittchen. In zwanzig Jahren bist du die böse Fee. Wer du im Augenblick bist, das weißt du nicht.

Liebe, liebe Kerstin. Du warst eine solche Schönheit. Bist du dir klar darüber, daß du in deiner momentanen Verletzlichkeit gefährlich bist? Daß derjenige, der dich jetzt kränkt, Gefahr läuft, daß du sämtliche Enttäuschungen deines Lebens an ihm ausläßt?

Daß du eines Tages einfach zurückschlägst – blind und mit tödlicher Absicht. (Wem gehört die Hand, die den Stiel umklammert, wem gehört die Hand, wem ...?)

Merkwürdige giftige Gase

An: <jonas.mansson@norrlands.folkblad.se>
Von: <malla.vilhelm@radionordost.sr.se>

Jonas, mein Schatz! Hier beim Sender gibt es einen richtigen Verrückten. Alle anderen scheinen ihn zu lieben. Mich bringt sein Anblick immer zum Zittern. Er heißt Haqvin (Haqvin!) Storfjell und ist eine Art Halblappe. Ich habe keine Ahnung, was das sein soll, ich weiß nicht mal, ob man ein solches Wort überhaupt verwenden darf. (Müßte man nicht politisch korrekt Halbsame sagen? Aber das klingt irgendwie nach einem Polyesterprodukt.)

Er kann unsere Gedanken lesen. Das sagt er ganz ruhig und im Vorbeigehen. Und dabei sieht er einen freundlich an.

Ein merkwürdiges Zimmer hat er auch. Ich muß dir etwas mehr von unserem Funkhaus erzählen, damit du das verstehst.

Radio Nordost ist in einem Kaufmannshof aus dem 18. Jahrhundert im Zentrum der Stadt untergebracht. Der ist viel zu klein für unsere Aufgaben. Nächstes Jahr soll der Bau eines neuen Funkhauses beginnen, aber im Augenblick sieht es hier noch folgendermaßen aus:

Ein großes zweigeschossiges Holzhaus in Graugrün mit grasgrünen Fensterrahmen. Mansarddach aus Ziegeln, schwere braune Doppeltür mit kleinen Fenstern darüber und eine kleine häßliche Vortreppe, nachträglich angebaut wie ein schlecht sitzender Rucksack. Bis vor ein paar Jahren standen in den Zimmern im Obergeschoß noch Kachelöfen, aber die wurden rausgerissen, als an jedem Arbeitsplatz die neuesten Computer installiert wurden.

Im Erdgeschoß sind die Studios und die Senderegie. Man hat sie so oft umgebaut, daß alles allmählich an ein Legohaus erinnert. Der Rundfunk befindet sich in einer Phase revolutionärer technischer Neuerungen, wo früher noch schwere Schweizer Nagratonbandgeräte und riesengroße Mischpulte gebraucht wurden, genügt heute ein superflaches Notebook. Das wirft alle Begriffe über den Haufen und stiftet Verwirrung zwischen den Generationen – die Ältesten wissen am wenigsten und die Jüngsten kapieren überhaupt nichts, denn auf der Schule hatten sie nur das Allerneueste.

Bei Radio Nordost haben wir zunächst einen kleineren Verschlag, das Studio 1, von wo aus hauptsächlich Nachrichten gesendet werden. Der Senderegieraum, auch das Kabuff genannt, hat früher einmal zum größeren Studio 2 gehört, stellt aber so etwas wie einen Blinddarm dar, seit das Studio 2 ein eigenes Mischpult bekommen hat und eine Art Eigenleben führt. Im Studio 2 werden die meisten Sendungen produziert. Dort machen die P 4-Produzenten ihre Wortprogramme, empfangen Gäste und spielen Platten ab. Das Kabuff ist inzwischen am ehesten ein Ort, von dem aus man im Blick hat, was die anderen machen, während man sein eigenes Material redigiert. Oder wo man sich hinsetzen kann, wenn man den anderen demonstrieren will, wie wahnsinnig fleißig man ist – ich sitze häufig dort und schreibe Dir, und die anderen gehen natürlich davon aus, daß ich arbeite. Es gibt nämlich Fenster in beide Richtungen, so daß man in die anderen Studios schauen kann und gleichzeitig gesehen wird. Außerdem kann man hören, was in den anderen Studios passiert. Es führt immer wieder zu großem Gelächter, wenn man Sachen mitbekommt, die nicht für fremde Ohren bestimmt sind. Früher gab es eine Tür zwischen dem Kabuff und der Zwei, aber die ist verschwunden, seit Richard einen seiner Stufe-sieben-auf-der-Richter-Skala-Wutausbrüche bekommen hat, nachdem mehrere Male hintereinander irgendwelche Leute in einer Direktsendung durch sein Studio gelatscht waren. Vom Eingangsbereich aus würde das niemand wagen, denn dort leuchtet das rote »Sendung«-Schild, sobald jemand vorm Mikrofon sitzt. Dieses Schild ist heilig.

Direkt hinter der großen Eingangstür befindet sich der Empfangstresen, hinter dem Carina sitzt und vor sich hin schmachtet. Der übrige Eingangsbereich ist mit Sofas, Garderobenständern und Archivschränken ausgestattet, und eine Tür führt zur Toilette. An der einen Wand sind die Arbeitsplätze der Techniker MaMa und Dave. Es ist so eng, daß wir uns seitlich wie Tangotänzer bewegen müssen, um den Raum zu durchqueren. Soweit sieht alles vermutlich so aus wie an vielen anderen Arbeitsplätzen.

Im Obergeschoß drängen wir uns zu elft zusammen. Nisse-Boß hat natürlich ein eigenes Zimmer mit einem befremdlich leeren Schreibtisch und einem »Konferenztisch«, auf dem er seinen Mantel ablegt, da auch Mangel an Kleiderbügeln herrscht. Die Buchhalterin und die ständig beurlaubte Produzentin von Schulfunksendungen teilen sich ein Büro, in das man sämtliche Archivschränke gequetscht hat, die wegen der ständigen Umbauten in den anderen Zimmern keinen Platz mehr finden. Die Frage, wo diese Schränke stehen sollen, wird jede Woche bei der Redaktionskonferenz erörtert. Stig und Che teilen sich eine Besenkammer. Im größten Zimmer im Obergeschoß sitzen fünf Leute, die das Lokalradio auf die Beine stellen: Richard, der Produzent des Frühstücksprogramms, der

Nachrichtenchef Bengt, Sam, Tom und ich. Eigentlich sollte auch Che hier sitzen, denn sie produziert das Nachmittagsprogramm von P 4, aber sie kann sich nicht im selben Raum aufhalten wie Richard. Da wird die Luft so dick von giftigen Gasen wie am Rand des Ätna.

Und dann ist da noch Haqvin Storfjell. Er sitzt in einem Raum mit Glaswänden am Ende der Treppe und kann, wenn er will, alle Bewegungen zwischen Erd- und Obergeschoß verfolgen. Er schielt leicht, und deswegen müßte er eigentlich auch noch den Pausenraum überwachen können, während er ein Auge aufs Treppenhaus hat ...

Haqvin ist der Musikredakteur, der die Platten für alle Sendungen des Lokalsenders aussucht, und als solcher eine Legende. Niemand weiß, wie er es macht, aber irgendwie gelingt es ihm immer, Stimmungen aufzufangen und musikalisch zu kommentieren, für jeden Gast und jeden Moderator die richtige Musik auszusuchen, uns und die Hörer zu beruhigen, wenn es stürmt, und uns Dampf zu machen, wenn wir Winterschlaf halten wollen.

Das ist aber nicht der Grund, daß ich etwas gegen ihn habe. Ich finde einfach, daß er vollkommen durchgeknallt ist. Seine Augen hinter der Hornbrille für Weitsichtige sind groß wie Pflaumen. Er trägt abwechselnd seine beiden alten Anzüge aus Gabardine, einen grauen und einen braunen. Seine Schuhe sind stets sorgfältig geputzt – und das bei einem Klima, bei dem alle anderen froh sind, wenn ihnen auf dem Weg zur Arbeit nicht die Zehen erfrieren.

Am ersten Tag kam er auf mich zu und sagte: »Haqvin Storfjell. Ich kann deine Gedanken lesen, aber du brauchst keine Angst zu haben, daß ich mein Wissen mißbrauche.« Dann drehte er sich um und ging, und ich bekam plötzlich rasende Kopfschmerzen. Lächerlicherweise hatte ich das Gefühl, es hätte irgendwie mit Haqvin zu tun. Als hätte er mir ein Mikrofon in den Schädel implantiert, um meine Gedanken abhören zu können.

Aber so dumm bin ich nicht, daß ich seinen Bluff nicht durchschaut hätte. Ab und zu frage ich ihn im Pausenraum, was einer der anderen denkt. Dann lächelt er geheimnisvoll und sieht mich mit seinen Pflaumenaugen so durchdringend an, als wären es Suchscheinwerfer: »Dir würde es doch auch nicht gefallen, wenn ich dich hier vor allen anderen bloßstellen würde, oder? Schließlich willst du doch wohl die Kontrolle darüber behalten, was von deinen Gedanken nach außen dringt?«

»Hör schon auf, Haqvin!« sage ich. »Raus mit der Sprache! Was denke ich gerade?«

Die anderen sind verstummt und folgen aufmerksam unserem Duell, obwohl ich das Gefühl habe, daß sie mehr auf Haqvins Seite sind als auf meiner.

(Warum? Warum bewundern sie ihn so? Sogar Hedning, der so musikalisch ist wie ein Ikea-Sofa!)

Haqvin denkt lange nach, dann sagt er ruhig:

»Du denkst, ich bin übergeschnappt, nicht ganz bei Trost!«

Diese Einsicht wäre nämlich nicht gänzlich aus der Luft gegriffen. Ich habe ihm mehr als einmal deutlich zu verstehen gegeben, daß ich ihm seinen Hokuspokus nicht abkaufe. Das wollte ich ihm auch gerade verklickern, als ich zu meinem Entsetzen merkte, daß ich über und über rot geworden war, als hätte ich den Kopf in einen Eimer heißes Wasser gesteckt. Die anderen lachten.

Typisch. Oft schon hat sich Malla blamiert, aber noch nie in der fünften Dimension.

»Normal ist nur, wer noch nicht ausreichend analyschiert wurde!« meint Stig gedehnt. Er hat heute erst recht wenig getrunken, bisher ist lediglich sein S in Mitleidenschaft gezogen. Die allgemeine Aufmerksamkeit wendet sich ihm zu.

Er beginnt eine seiner Mittagsvorlesungen, die immer auf lebhaftes Interesse stoßen und viel Gelächter auslösen. Kaffeehausstimmung kommt auf, Frotzeleien schwirren durch die Luft.

Haqvin sieht mich unverwandt an. Schließlich sagt er:

»Sei nicht traurig, Kleine. Du hast wirklich keinen Grund, dich zu schämen. Du meinst es ja nur gut.«

Wieder werde ich über und über rot. Idiotisch! MaMa wirft Haqvin einen verärgerten Blick zu. Sie scheint die einzige zu sein, die ihm nicht zu Füßen liegt, um begierig seine Musik und seine Weisheiten in sich aufzunehmen. Sie legt mir sogar einen Arm um die Schultern. Das empfinde ich jedoch nicht als herablassend, sondern ermutigend.

»Wenn du schon über diese Gabe verfügst, Haqvin, dann kannst du sie vernünftiger einsetzen, als Praktikantinnen damit zu schikanieren! Die müssen wir pfleglich behandeln. Hier würde alles zusammenbrechen, wenn es nicht ein paar Leute gäbe, die für wenig Geld arbeiten, das noch dazu jemand anders zahlt, die keinerlei Kündigungsschutz besitzen und die man vor die Tür setzen kann, wenn sie verbraucht sind!«

Sie lächelt mich an. Haqvin steht auf, deutet eine Verbeugung an und schleicht auf lautlosen Gummisohlen zurück in seinen Glasverschlag. Manchmal erinnert er mich an den unergründlichen Herrn Omar aus »Meisterdetektiv Ture Sventon«, dessen Augen so dunkel und rätselhaft sind wie die arabische Nacht.

Einige Minuten später erklingt eine heisere, warme Bluesstimme aus seinem Zimmer. Ein Mann singt: »So sorry, baby, never meant no harm ...«

Mir fällt auf, daß ich dasitze und lächle. Es kommt mir vor, als wolle Haqvin um Entschuldigung bitten.

Aber das Lächeln vergeht mir ganz schnell, denn Haqvin kommt mit schwermütiger, düsterer Miene aus seinem Glasverschlag zurückgeschlichen. Wortlos ergreift er unsere Hände, eine nach der anderen, dreht die Handflächen nach oben und betrachtet sie eingehend, als suche er dort nach einem Fleck, nach einem Beweis dafür, daß jemand seine Hände in ein geheimnisvolles Honigglas getaucht hat, das nur in seiner Phantasie existiert. Fast alle lassen ihn gewähren, nur Carina sagt ohne Umschweife mit weinerlicher Stimme: »Jetzt hast du dir wieder was in den Kopf gesetzt, Haqvin, du weißt, daß ich sowas nicht mag, ich mag sowas nicht ...«

Ich begreife nicht, warum sie ihn ertragen und gewähren lassen. Macht er ihnen denn keine Angst? Wenn das so weitergeht, wende ich mich an die Gewerkschaft, schließlich steht mein Verstand auf dem Spiel!

/senden/

Es schaudert mich nicht nur vor Unbehagen …

An: <jonas.mansson@norrlands.folkblad.se>
Von: <malla.vilhelm@radionordost.sr.se>

Hallo, mein treuester Genosse,

Du hast vollkommen recht! Wir können uns während der Arbeitszeit so viele Mails schicken, wie wir wollen, ohne daß uns die Kollegen schief ansehen, denn sie glauben natürlich, daß wir fleißig bei der Sache sind. Aber sobald man zum Hörer greift und ein paar Minuten mit einem Freund redet, rümpft die gesamte Redaktion die Nase. Privatgespräche hat man gefälligst in seiner Freizeit zu erledigen! In dieser klaustrophobie-auslösenden Bruchbude von Radio Nordost sitzt man einander praktisch auf dem Schoß. Es bleibt einem keine andere Wahl, als die Gespräche der anderen mitanzuhören, auch wenn einem das lieber erspart bliebe. Das Geturtel meiner Kollegen Sam und Tom, die sich gegenübersitzen, kommt mir schon zu den Ohren raus. Unentwegt gurren sie wie zwei Täubchen, die sich das Futter teilen! Das kann einen armen Single um den Verstand bringen.

Habe gerade die wöchentliche Redaktionskonferenz im Pausenraum hinter mir, keine sonderlich lustige Veranstaltung. Eine Handvoll Morgenmuffel, die leer vor sich hinstarren und bedächtig die Kopenhagener kauen, die ihnen der Chef ausgegeben hat, um sie überhaupt zur Redaktionskonferenz zu locken. Er ist es leid, uns aus den Regieräumen zusammenzutrommeln oder vor der Klotür zu stehen und zu rufen: »Die Redaktionskonferenz fängt an!« Er will uns alle dort sehen, denn er war auf einem Kurs für Leute in Führungspositionen, der von einem Unternehmensberater mit Pferdeschwanz und Rollkragenpullover geleitet wurde. Dort hat er gelernt, daß die Angestellten besonders gut arbeiten, wenn sie das Gefühl haben, in die Entscheidungsprozesse miteinbezogen zu werden (man beachte die Formulierung »Gefühl«).

Dieses Gefühl vermittelt sich seiner Meinung am besten in diesen Redaktionskonferenzen. Vielleicht ist er von der naiven Vision einer lebhaften, kreativen Debatte, der Vorstellung von ehrlicher Analyse und Selbstkritik beseelt. Vielleicht ist er aber auch nur sehr clever. Denn seit es diese Besprechungen gibt, können wir nie mehr zu ihm kommen und uns beschweren: »Was ist das denn für ein dämlicher Beschluß? Ohne mich!« Dann sagt er nur: »Das hättest du auf der Redaktionskonferenz vorbringen müssen, als ich den Beschluß vorgestellt und um Kommentare gebeten habe!« Denn man kann ja schließlich nicht jammern: »Aber ich habe nicht so genau hingehört!« Vielleicht hat Nisse gemerkt, daß die Präsentation eines Beschlusses in der wöchentlichen Redaktionskonferenz einem Aushang auf dem schwarzen Brett gleichkommt: Es handelt sich um eine sichere Methode, eine Information unsichtbar zu machen.

Sollte ich mal irgendwo das Sagen haben, werde ich alle Informationen unter die Leute bringe, indem ich sie jemandem zuflüstere, den niemand leiden kann oder dem alle mißtrauen. Dann kann ich mir sicher sein, daß alle die Ohren spitzen! Vielleicht sollte man einen besonders unangenehmen Menschen eigens für diese Aufgabe anstellen ...

Das Gefühl, in die Entscheidungsprozesse eingebunden

zu werden, läßt sich einer Bande wachsamer Presseleute schließlich nicht so leicht vermitteln. Sie wissen, daß Stockholm ihnen jederzeit den ohnehin nur spärlich tropfenden Geldhahn abdrehen kann. Dann werden sich alle beim Kampf um die letzten verbleibenden Jobs an die Gurgel gehen. Alle sind sich der deprimierenden Tatsache bewußt, daß der Geldfluß gänzlich versiegen wird, sobald genügend Politiker davon überzeugt sind, daß Rundfunk im Dienst der Allgemeinheit ein Überbleibsel der alten sozialistischen Planwirtschaft ist. Die Mitarbeiter unseres Senders werden sich mit den ehrgeizigen jungen Absolventen der neuen Journalistenausbildung um die wenigen Jobs bei den Zeitungen prügeln oder auf einer Teilzeitstelle die Personalzeitung einer Limofabrik redigieren müssen – ihren übrigen Lebensunterhalt können sie sich dann mit fröhlichen Glossen verdienen.

Wenn wir keine dringende Livesendung oder Reportage vorschieben können, schleppen wir uns zu den Sitzungen und versinken im Halbschlaf, während Nisse-Boß uns seinen informativen Vortrag hält. Die Kopenhagener finden begeisterten Anklang.

Nur der Frühredakteur ist während der Konferenz immer hellwach, da er seit sieben Uhr die Livesendung moderiert hat und deswegen immer noch vollkommen überdreht ist. Heute morgen hat Kerstin Vällivaara die Provinz durch die Morgennachrichten (Naher Osten und die neue Autobahn) gelotst und Platten abgespielt, die für die Altersgruppe 37 bis Exitus sorgfältig ausgewählt war. Über eine rauschende Telefonverbindung hat sie sich mit einem Hörer in den großen Sümpfen, in Ruskseleträsk, unterhalten, der sich übergangslos über die Lottogesellschaft, die Mauscheleien bei der EU und polnische Blaubeerpflücker ausließ. Bei der Sitzung war ihr Blick starr, und sie bewegte die Finger, als würde sie immer noch die Regler des Mischpults hin und her schieben. Unablässig schielte sie zur Wanduhr. Sogar ihre Kleider schienen nervös und umtriebig – der Lederrock knarrte, die Ohrringe klimperten, und ihr farbenfrohes Halstuch regte sich bei jeder Bewegung, als ginge ein Luftzug durch den Raum. Als die halbe Sitzung um war, beruhigte sie sich, schielte unter ihrem messinggelben Pony hervor und nahm sich einen dritten Kopenhagener. Vermutlich hatte sie gehofft, daß niemand es bemerken würde, aber Richard Malmström, Du weißt schon, unser »Papa«, blinzelte ihr sofort zu, blies die Backen auf, streckte den Bauch vor und tätschelte ihn.

Du erinnerst dich sicher, daß sie sich seit Jahren spinnefeind sind – gestern hat mir Carina, unsere Telefonistin, kichernd eine mögliche Erklärung geliefert. Sie hat behauptet, Che und Richard hätten vor fünfzehn Jahren eine mißglückte Affäre gehabt. Sie seien spätnachmittags kopulierend in einem Studio entdeckt worden. Es habe kein Licht mehr gebrannt, nur hätten sie vergessen, das Mikro abzustellen. Ihr Gestöhne sei direkt in den Senderegieraum übertragen worden, wo sich immer mehr faszinierte Mitarbeiter versammelt hätten. Carina war natürlich nicht dabei. Vermutlich ging sie damals noch auf die Grundschule, aber sie behauptet, die fiesen Kollegen hätten das Stöhnen aufgenommen und der Hörspielredaktion angeboten. Richards Frau MaMa hat als einzige das Tonband nicht gehört und nichts von der ganzen Sache erfahren. Vermutlich weiß sie bis heute nichts, aber das spielt auch schon keine Rolle mehr, denn mittlerweile hassen sich Kerstin und Richard. Er macht seine unfeinen Anspielungen, und sie verstummt. Leder knarrt, Ohrringe klimpern, und man wartet auf den Vulkanausbruch, der nie erfolgt. Auf einem Personalfest vor zehn Jahren soll sie zusammengebrochen sein und versucht haben, ihm mit einer Weinflasche eins überzuziehen. Statt dessen ist ihr die Flasche entglitten und auf dem Steinfußboden des Eingangsbereichs zerschellt. Dann ist sie gestolpert und hat sich die Knie an den Scherben verletzt. Die anderen haben versucht, sie mit Papierhandtüchern zu verarzten, aber Richard hat so schallend gelacht, daß es sogar in den isolierten Senderäumen widerhallte. Hat er mir selbst erzählt, vermutlich erzählt er es früher oder später jedem. Wenn Che dabei ist, verzieht sich ihr Gesicht zu einem gezwungenen Lächeln, während ihr Blick nur so blitzt.

Ich kann mir denken, daß Dir diese ewigen Auslassungen über Leute, die Du nicht mal kennst, langsam zuviel werden, Jonas. Aber Du bist doch immer so rührend an allen Menschen interessiert, das ist eine von deinen vielen angenehmen Eigenschaften. Ich haue hier auch nur so fieberhaft in die Tasten, weil mich Benke Hedning beim geringsten Pausieren am Schlafittchen packen und in die »Realität« verfrachten würde. (Er hat Sinn für die Realität, dieser Benke, ständig liegt er einem damit in den Ohren, daß man sie wiedergeben soll.) Mit unheilverkündender Miene taucht er immer wieder hinter meinem Rücken auf und fragt, ob ich nicht bald mit den Rezensionen fertig bin, mit denen ich mich vorgeblich beschäftige. Er wird mich bitten, eine Reportage von einer Baustelle zu machen, die Stimmung einfangen und so. Dort soll ich dann mit blaugefrorenen Fingern im Schneeregen rumstehen und versuchen Seilwinden, Kräne und Zementmischer aufzunehmen, ohne daß das Band übersteuert. Benke lag mal der jungen radikalen Che zu Füßen, und sein Engagement hat er beibehalten, wenn nicht für sie, dann doch fürs Volk.

Jetzt erlaube ich mir, weiter von der Redaktionskonferenz zu erzählen, um in Ruhe tippen zu können. Draußen herrschen minus siebzehn Grad. Ich will nicht raus!

Also: In Ches breitem Schatten saßen Sam und Tom und turtelten eng aneinandergeschmiegt herum. Sie kommen direkt von der Journalistenausbildung und wurden im Doppelpack angeheuert. Zwar sind sie keine siamesischen Zwillinge mit gemeinsamem Blutkreislauf, aber sie scheinen trotzdem immer das gleiche zu denken. Sie beenden gegenseitig ihre Sätze und sind immer gleicher Meinung.

Betreten und atemlos haben sie mir soeben anvertraut, daß sie beim Versuch, einen Beitrag zu schneiden und zu redigieren, versehentlich eine lange Sendung über regionale Webtraditionen überspielt haben, die eigentlich am Nachmittag hätte gesendet werden sollen. Einer von ihnen würde erneut den Überlandbus nehmen müssen, um mit der langweiligen alten Dame zu reden, die jeden Fetzen vorführen wollte, den sie seit 1957 gewebt hat. Und dann würde Richard Malmström sie auch noch in seiner ironischen Art niedermachen. Ständig müssen sie seine Gehässigkeiten über sich ergehen lassen. Grünschnäbel männlichen Geschlechts sind seine Lieblingsopfer. Auch Frauen gegenüber kennt er kein Pardon, aber mit ihnen verfährt er anders. Wir alle haben seinen Atem im Nacken gespürt, während er schräg hinter uns sitzend demonstriert hat, wie man aspirierte Konsonanten schneidet.

Düster äugten Sam und Tom zu Richard hinüber. Er saß mit ausgestreckten Beinen in seiner Ecke und blätterte nachdenklich in einer Art Scheckheft. Seine Stulpenhandschuhe hatte er nachlässig aufs Sofa geworfen, neben ein überdimensioniertes Kleidungsstück aus Leder mit Pelzkragen und Schulterpolstern, das zwei Sitzplätze einnahm. Alles, womit sich Richard umgibt, ist so macho, daß es einen schaudert, jedoch nicht nur vor Unbehagen …

Richard nimmt immer an der Redaktionskonferenz teil. Er ist der einzige, auf dessen Anwesenheit Nils Boström wahrscheinlich gern verzichten würde. Er liebt es, kleine, mit Widerhaken versehene Pfeile direkt auf Nils' großartige Visionen abzuschießen. Manchmal macht er merkwürdige Andeutungen, die niemand versteht. Nisse-Boß wird dann immer so rot wie eine Pfingstrose. Heute hat er vorgeschlagen, daß Nils nach Stockholm fährt, um die Leitung von Sveriges Radio in seiner »schnittigsten Montur« einzuseifen ... Was soll das schon wieder heißen? Nils trägt immer einen unauffälligen hellgrauen Tweedanzug und einen dezenten Schlips. Er würde sich kaum von der hellen Tapete abheben, wenn ihn sein Erröten nicht immer wieder verriete.

Neben Papa auf dem Sofa saß natürlich MaMa. Mit dem Ellbogen stützte sie sich zärtlich auf seinem Knie ab. Unverzüglich änderte er seine Position, wobei sie fast aus dem Gleichgewicht geriet. Beinahe wäre sie mit dem Kinn auf dem Tisch aufgeschlagen. Trotzdem lächelte sie nur.

Stig saß da und blätterte in der überregionalen Presse. Er war nur unter Protest zur Sitzung erschienen – Kultur müsse frei sein, was gingen ihn die Pläne für Digitalradio und Breitband an? Mozart werde schließlich Mozart bleiben! Er läßt sich in den Räumlichkeiten des Lokalsenders nicht blicken, wenn es irgendwelche Konzerte zu besuchen gibt. Solange sein Etat es zuläßt, fährt er ins Ausland. Heutzutage könne man genausogut zu Hause sitzen und Aufnahmen am Computer schneiden, sagt er häufig. Alle wissen, daß die Nähe zur Hausbar dabei das schwerer wiegende Argument ist.

Aber zu den Redaktionskonferenzen kommt er dann doch meistens. Er liebt die klebrigen Kopenhagener und die Möglichkeit, mit geistreichen Witzen zu brillieren. (Er *kann* nämlich witzig sein, wenn er gerade in der Verfassung ist, Konsonanten verständlich auszusprechen.) Außerdem hat Nisse-Boß verärgert darauf hingewiesen, daß der Ausdruck »tätigkeitsangepaßte Arbeitszeit« bedeute, daß die Tätigkeit dem angepaßt sei, was die Arbeit erfordere. Das war sein Kommentar, als Stig einmal gegen fünf auftauchte und sich darüber beklagte, daß die Technik bereits Feierabend gemacht habe. »Stig hat seine Tätigkeit den Öffnungszeiten des staatlichen Alkoholladens angepaßt«, meinte Richard, der gerade in der Nähe stand, und grinste. Betretenes Schweigen folgte – so etwas spricht man nicht laut aus –, und Stig versuchte seine Fahne hinter einem dicken Schal zu verbergen. Richard, unser kleiner Sonnenschein, schafft sich wirklich überall Freunde.

Worum es bei der Redaktionskonferenz ging? Keine Ahnung. Wichtiges erfahre ich ohnehin früher oder später. Schlechte Neuigkeiten erwischen einen kalt, gute Nachrichten führen den ganzen Vormittag über ihr Eigenleben zwischen unseren Schreibtischen: Wie lustige bunte Gummibälle springen sie hin und her. Eigentlich besuche ich die Redaktionskonferenz auch nur wegen der Kopenhagener.

Natürlich waren nicht alle da, irgend jemand muß schließlich auch arbeiten. Benke Hedning sprach die Lokalnachrichten, Dave saß in der Tontechnik, und im Erdgeschoß zwitscherte Carina in den Telefonhörer.

Aber Haqvin Storfjell saß unbeweglich und aufrecht neben der Tür und betrachtete uns mit seinen großen Pflaumenaugen hinter den dicken Brillengläsern. Bei seinem Anblick wird mir ganz anders. Ich bringe es nicht mal über mich, in seine Richtung zu schauen. Begreife nicht, warum alle anderen ihn zu verehren scheinen wie einen Heiligen oder einen Guru! Einer nach dem anderen tritt in seine Glaskanzel und sitzt eine Weile schweigend herum, habe ich festgestellt. Er ist der einzige Mitarbeiter, über den Papa nicht herfällt – auch das habe ich gemerkt.

Jetzt lasse ich dich endlich in Ruhe, mein Lieber! Inzwischen ist Mittag und die Gefahr der Reportage von der Baustelle für heute gebannt. Heute nachmittag werde ich in einer Livesendung mit Papa Bücher rezensieren und seinen Knien unterm Mischpult ausweichen.

/senden/

Im Glasverschlag II

Vor einigen Tagen habe ich Mallas entsetztem Blick entnommen, daß sie Angst vor mir hat. Ihre Gedanken galoppierten vor mir davon – wie eine Herde scheuer junger Pferde vor einer Bestie. Es ist nicht gerade angenehm, für eine Bestie gehalten zu werden. Es quält mich, wenn man mich für einen Unmenschen hält, ich bin das nicht mehr gewöhnt. Früher kam das schon mal vor, wenn ich mich bei Menschen, die mich nicht kannten, von meiner Intuition leiten ließ. Meine Sensibilität ist so ausgeprägt, so erprobt, daß ich sehr wohl eine Hand hätte finden können, ehe sie mit ihren weiß werdenden Knöcheln die Axt umklammert. Ich hätte sie wie ein Schraubstock festhalten und so vielleicht die Katastrophe verhindern können. Ich war mit den Nerven vollkommen fertig, denn neuerdings verfolgt es mich bis in meine Träume. Man läßt mich gewähren, wenn ich meine Anwandlungen habe. Im Lauf der Jahre ist genug vorgefallen. Also lassen sie mich gewähren, ohne Fragen zu stellen. Sie wissen, daß ich abgeschwächt, beschwichtigt und beruhigt habe, aber sie wissen nicht, wie, und deswegen weichen sie dieser Frage aus. Alle außer Carina, die aus ihrer Oberflächlichkeit keinen Hehl macht …

Aber jetzt werden meine späten Nächte und frühen Morgenstunden von etwas Fremdartigem erfüllt, das selbst mir Angst einflößt. Eine Gestalt kommt auf mich zu, eine weiße

Gestalt ohne Gesicht und Beine! So etwas habe ich noch nie gesehen. Ich kann weder auf sie zugehen noch weglaufen, sondern nur wie angewachsen stehenbleiben. Es ist grauenhaft.

So bleibt mir nur eines: mich meiner Gabe zu bedienen, indem ich versuche, ihre Tiefen auszuloten und in ihren Köpfen zu lesen. Ich muß es einfach versuchen!

Manchmal ärgert es mich, daß ich nicht selbst entscheiden kann, was ich sehe und höre. Meine Gabe, Menschen lesen zu können, erinnert gelegentlich an ein altes Bakelitradio: Pfeifen, Knistern und Rauschen, dann ein deutlicher Satz in einer fremden Sprache, Nachrichten aus Hilversum und ein paar Takte eines Militärmarsches weiß Gott woher. Ich weiß, wo ein Teil meiner Sender liegt, und kann sie empfangen, andere bekomme ich nicht rein, da kann ich noch soviel drehen. Manche sind unerklärlichen Störungen unterworfen – weil der Sender schwach ist oder irgendein leidenschaftliches Gefühl im Weg steht. Manchmal bekomme ich plötzlich doch einen Gedanken rein, eine Vibration der Luft, ohne daß ich weiß, woher. Genauso war es auch heute, und mir standen die Haare zu Berge: Jemand hat während der letzten Redaktionskonferenz gedacht:

... Ich halte das nicht mehr aus ... Wie soll das weitergehen, ich verstehe nichts davon ... Aber wenn ich schon mal beschlossen habe, daß er nicht mehr weiterleben darf, dann muß ich schließlich darüber nachdenken, wie sich das bewerkstelligen läßt ... Und ich muß es selbst tun ...

Was soll denn das schon wieder heißen? Animositäten gab es immer mal wieder, aber »nicht mehr weiterleben« dürfen? Ich habe Entschlossenheit gespürt, ein fast blindes Gefühl von ... war das jetzt Haß oder vielleicht sogar Liebe? Beides liegt so nah beieinander, bei beiden ist der Pegel im roten Bereich, der Ton und die Gefühle werden übersteuert, und man will sich nur noch wie bei einer plötzlichen Rückkopplung die Ohren zuhalten ... Ich ließ los, als hätte ich mich verbrannt, denn ich hatte keine Kraft mehr, es festzuhalten oder zu ergründen, woher es kam.

Was soll ich mit dem Wissen um eine bevorstehende Katastrophe anfangen? Natürlich kann ich mit niemandem darüber reden, auch nicht, wenn sie zu mir in meinen Glasverschlag kommen, mit mir zusammensitzen und den Frieden genießen oder aus dem, was ich für sie spiele, Kraft schöpfen. Manchmal ist es recht lustig, beispielsweise als ich gestern für David den Parademarsch des Södermanland-Regiments spielte. Ich glaube, daß er sich gerade ein Herz fassen wollte, mit seiner anstrengenden Lebensgefährtin reinen Tisch zu machen. Er ist für solche Musik empfänglich, seine Haltung wirkte sogleich aufrechter. Ich könnte schwören, daß er meinen Glasverschlag bedeutend energischer verließ, als er ihn betreten hatte, obwohl er beim Hereinschleichen und beim Herausgehen dieselben abartigen Schuhe trug – solche, wie sie die jungen Leute jetzt haben, Turnschuhe, groß wie Kähne, in allen möglichen Farben, mit verqueren keilförmigen Streifen, komischem Futter, ausladenden Laschen und Riesensohlen ... Für einen so draufgängerischen Büffel wie Bengt hätte ich nie Marschmusik gespielt. Ihn habe ich mit Flötenmusik beschwichtigt ... Aber bei David können Trommeln und Tuba nicht schaden ... Und seine Carina mag ihn sicher mindestens genauso sehr, wenn er zu Hause mal mit der Faust auf den Tisch haut. Das hat er sicher noch nie getan ... Was sie betrifft, ist eh schon Hopfen und Malz verloren, ich habe sie heute während der Sitzung gelesen ...

... Hahaha ... Witzig ist er schon, zieht einfach sein Knie weg, gleich fällt sie vom Sofa ... Warum muß sie sich ihm auch fast auf den Schoß setzen ... Hat sie nicht kapiert, daß er nicht mehr ihr gehört ... Daß er die wahre Liebe gefunden hat ... Wir konnten es einfach nicht lassen ... So ist die Liebe eben, Maria ... Er sagt, daß er mit ihr geredet hat ...

Sie ist nicht besonders nett, diese Carina, jung, vielleicht noch nicht ganz trocken hinter den Ohren. Sie denkt immer nur an sich. Überall wirft sie geschäftig ihre Angel aus. Wer anbeißt, ist ihr egal. Wahrscheinlich wünscht sie niemandem was Böses, jedenfalls nicht direkt, aber sie will auch keinem als sich selbst was Gutes tun, und Mitleid hat sie keins.

Aber ich frage mich natürlich ... zumindest für mich sollte es eine Selbstverständlichkeit sein, mit Maria Mitleid zu haben, aber es ist, als würde sie eine Mauer um sich herum aufrichten, alles abblocken ... Sie will kein Mitleid, vielleicht will sie mich aber auch nur auf Abstand halten, wie sie das immer tut ... Möglicherweise kann sie mit Mitleid nichts anfangen. Ihr Märtyrerdasein hat nur dann einen Sinn, wenn sie sich ganz für andere aufopfert ... Andererseits wirkt es echt, wenn sie Stig die Treppe hochhilft und sich dabei verstohlen umschaut, damit auch ja niemand sie sieht. Ich lasse sie in Ruhe. Sie besucht mich auch nie, um sich was anzuhören.

Im Gegensatz zu Kerstin. Sie stürzt in meinen Glasverschlag, geschäftig, nervös und ständig in Bewegung, was alles um sie herum ebenfalls in Unruhe zu versetzen scheint: Gegenstände fallen auf den Fußboden, Deckenlampen geraten in Schwingung, Türen knallen zu, und Fenster fliegen auf. Bis sie sich in den Stuhl vor meinem Fenster fallen läßt, durch das man auf den Garten schauen kann. Durch meine Glaswand läßt sich auch ein Blick auf das Fenster zur Straße erhaschen. Es befindet sich genau über der Tür, und die meisten meiner Besucher scheinen es beruhigend zu finden, die Leute kommen und gehen zu sehen, den Ereignissen aus der Ferne zu folgen, allerdings ohne eingreifen zu können ... Vor den Fenstern stehen die hohen, rauschenden Hängebirken. Es dauert nie lange, bis der irrende Blick meiner Besucher in den schwankenden Zweigen zur Ruhe kommt und die Musik, die ich unterdessen für sie ausgesucht habe, ihre

Wirkung auf ihre Seelen hat. Für Kerstin wähle ich oft ruhige chinesische Musik mit exotischen Saiteninstrumenten, Stücke mit Titeln wie »Der Fischer sieht die Vögel in der Dämmerung über dem Wasser auffliegen«. Dann kommt sie zur Ruhe. Sogar ihre Ohrringe hören auf zu klimpern. In tiefstes Schweigen versunken, sitzen wir eine Weile da.

Malla, die Praktikantin mit den zuckenden Mundwinkeln (ein Lächeln oder ein ironisches Grinsen sind nie fern), hat zweifellos Angst vor mir. Ich habe versucht, sie zu erreichen, ihr von meiner Gabe zu erzählen und ihr klarzumachen, daß ich diese nicht mißbrauche, aber ich weiß, daß ich kein Mann von vielen Worten bin, ich werde dann schroff, fast unhöflich, und kann weder besänftigen noch erklären. Wie auch? Sie geht mir aus dem Weg und kann mir kaum in die Augen sehen. Das stimmt mich traurig. Könnte der Gedanke, daß er nicht »weiterleben darf«, von ihr stammen? Nein, das glaube ich dann doch nicht. Solch glühender Gefühle ist sie noch nicht fähig. Sie ist gerade im Begriff, die rätselhafte Welt der Erwachsenen zu erforschen ... Wie lange sie doch Kinder bleiben, die jungen Leute von heute, obwohl es nach außen hin gar nicht den Anschein hat.

Ich muß diese Drohung, dieses Gefühl einer nahenden Katastrophe, beiseite schieben. Denn es gibt niemanden, mit dem ich darüber sprechen könnte, keine Worte, mit denen sich glaubhaft vermitteln ließe, was ich nur ahne, was ich in den Pausen zwischen den Gedanken in einer Dimension aufschnappe, die den meisten verborgen bleibt. Ich verdränge es gerne. Hätte ich die Möglichkeit, würde ich jetzt feige das Feld räumen, eine Fjällwanderung unternehmen und die bösen Ahnungen vom Wind wegpusten lassen. Aber das tue ich nicht, weil ich das Gefühl habe, daß mir bei dieser Sache eine Rolle zugedacht ist und daß es deswegen meine Schuldigkeit ist, hierzubleiben.

Muntere Schwule und ein rasender Hedning

An: <jonas.mansson@norrlands.folkblad.se>
Von: <malla.vilhelm@radionordost.sr.se>

Nach wie vor habe ich die Illusion, im frühen Morgengrauen berufliche Glanzleistungen vollbringen zu können, wenn ich nur rechtzeitig aufstehe, ein paar Tassen tiefschwarzen Espresso trinke und eiskalt dusche (haha!). Während der Frühredakteur (ich habe nur selten Frühdienst, denn ich bin nicht hundertprozentig zuverlässig) allein im Studio 1 schwitzt, werde ich in unseren leeren Redaktionsraum raufgehen und die Ärmel hochkrempeln.

Wenn die anderen um acht zur Morgenbesprechung eintrudeln, sitze ich bereits da, habe das zähe Interview vom Vortag fertiggeschnitten und abgemischt, alle Trailertexte und Ansagen geschrieben, bin sämtliche Mails (168 Stück) durchgegangen und habe sie beantwortet. Ich habe alle Tageszeitungen gelesen, alle Nachrichtensendungen gehört und die Agenturmeldungen geprüft. Und wenn die Kollegen dann eintrudeln, sprühe ich Funken wie eine Wunderkerze …

»Habt ihr das gehört?« werde ich sagen. »Das hier … und das hier … und darüber müssen wir auch was bringen!« Und Bengt Hedning, der Nachrichtenchef, wird aufhorchen und mich mit ganz neuem Interesse betrachten. (Normalerweise sieht er mich mißtrauisch und widerwillig an, als befürchte er, ich könne jederzeit in einer Livesendung überschnappen und liebe Grüße an Tante Lotten ausrichten.)

Ach was! Träum weiter, Malla.

Mehr als einmal habe ich zu diesem Zweck den Wecker auf fünf oder halb sechs gestellt. Aber aus einem der folgenden Gründe scheitert das Unterfangen: Ich schlafe wieder ein und wache erst eine Viertelstunde nach Beginn der Morgenbesprechung wieder auf ... ich kippe schwarzen Kaffee auf meinen einzigen hellen Pullover und erscheine verlegen und fleckig in einem viel zu großen und unpassenden Sakko ... Ich lasse mich vom E-Mail-Sog mitreißen und kläffe zurück, wenn jemand bellt ... Oder ich lasse mich geborgen in deine Arme fallen und blühe wie jetzt in einer autobiographischen Antwortmail auf.

Falls nichts davon eintritt und auch kein Stromausfall den Radiowecker nachts außer Gefecht gesetzt hat, bleibe ich unweigerlich an einer seltsamen Reuter-Meldung über die Ausgrabung einer fünftausend Jahre alten Prinzessin in einem Grab in Irkutsk oder einer TT-Meldung über einen Elch hängen, der sich in eine Harley-Davidson verliebt und Paarungsversuche mit ihr gestartet hat. Ich liebe solche Meldungen, denn ich sehe sofort alles vor mir, aber natürlich sind sie für die Lokalnachrichten eher ungeeignet, weil sie sich außerhalb unseres Bezirks ereignet haben. Statt dessen sollte ich mich mit der neuesten Wendung befassen, die der Streit um den Verlauf des geplanten Fahrradwegs genommen hat, oder mit den Überraschungen in der Fußball-Juniorenliga.

Die niederschmetternde Wahrheit ist: Ich bewältige die Aufgaben, die sich mir im Augenblick stellen, nicht sonderlich gut. Fünf Monate bin ich nun schon hier, bald werden sie mich rauswerfen, damit ich keinen Anspruch auf Festanstellung habe. Dann werde ich als Freie bei irgendeiner

Lokalzeitung arbeiten müssen oder bei einem Anzeigenblatt wie »Schnäppchen der Woche«. Zu einem festen Job kommt man nur, wenn man sich profiliert und eine Sensation ausgräbt, die die anderen übersehen haben, einen üblen Skandal bei der Gemeindeverwaltung oder einen rätselhaften Mord in der Redaktion. Warum nicht? Ein Fall, an dem die Polizei verzweifelt, bis ich schließlich sämtliche Mitarbeiter im Pausenraum zusammentrommele, den komplizierten Fall zerlege wie einen Fisch mit zahllosen Gräten und schließlich den stumpfen Gegenstand hervorziehe, den ich ganz hinten im Tonbandarchiv gefunden habe ...

Nein, das dann doch nicht! Ich rege mich zwar oft über die anderen auf, aber es fällt mir schwer, mir einen dieser Hohlköpfe als Mörder vorzustellen. Am ehesten noch Richard, er hätte vermutlich keine Skrupel, wenn ihm jemand ins Gehege käme! Ich kann mir auch keinen von ihnen als Opfer vorstellen, irgendwie sind sie einfach nicht gemein genug. Vielleicht unser Schamane Haqvin, aber diesen übernatürlichen Herrn wird man nur mit einer Silberkugel zur Strecke bringen können.

Wahrscheinlich wird mir nichts anderes übrigbleiben, als loszuziehen und den Hund zu suchen, der im Keller der Gemeindeverwaltung begraben liegt, denn ich habe keine Lust, als Empfangsdame im Bahnhofshotel zu enden oder Vertreterin für Herbalife zu werden, und das scheint zur Zeit die einzige Methode zu sein, wie Leute wie ich hier und jetzt über die Runden kommen können. Abgesehen natürlich vom horizontalen Gewerbe. Allerdings glaube ich nicht, daß ich in grellrosa Korsett und langen Lackstiefeln eine gute Figur machen würde. Wo sich bei erfolgreichen Damen üppige Rundungen befinden, ist es bei mir eher platt ... Wahrscheinlich wäre eimerweise Silikon nötig, um aus mir etwas Verkäufliches zu modellieren ... Es würde mir vermutlich auch schwerfallen, verführerisch zu wirken, und das muß man wohl in dieser Branche. Außerdem habe ich wenig Geduld mit Freiern und anderen Typen, die mich herumkommandieren wollen.

Du hörst es schon – ich habe in letzter Verzweiflung den Leerlauf eingelegt. Es ist schon nach halb acht, und ich habe noch nichts Vernünftiges getan. Hedning ist heute früh Sendeleiter, gleich wird er hereingetrampelt kommen.

Sam und Tom sind entgegen ihrer Gewohnheit bereits da und zwitschern wie zwei Wellensittiche. Man muß froh sein, daß sie nicht auch noch anfangen, über ihre Schreibtische hinweg herumzuschnäbeln. Sie haben nämlich einen Traumjob ergattert, jedenfalls sehen sie es so: Sie sollen eine Reportage von einem Gay-Pride-Festival in einem Nest im Hinterland machen. Eine ganze Woche werden sie Beschäftigungen nachgehen, die hier im Bezirk unter Männern eben üblich sind – Eisangeln, Skilanglaufen und sogar Hundeschlittenfahren, und zwar mit einem rosa Dreieck auf der Fjällräven-Jacke und Regenbogenfahne. Und all das nur, um zu zeigen, daß nicht alle Schwulen Schwedens in rosa Tüllkleidchen auf dem Stockholmer Sergels Torg herumstehen, ein ansonsten gängiges Klischee hier oben im Norden des Landes. Nachmittags werden sie in verschiedenen Dörfern vor dem Supermarkt stehen und Fragen der ansässigen Bevölkerung beantworten. Das finde ich mutig. Es gehört allemal mehr dazu, an einem langen Samstag vor dem Supermarkt in Mörtsele für seine Neigungen einzustehen, als unschuldige Tiere zu massakrieren. Jäger riskieren höchstens leichte Erfrierungen und kalte Füße oder von einem zu Tode geängstigten Elch umgerannt zu werden. Sam und Tom und ihre Gleichgesinnten riskieren beißende, verletzende Kommentare. Aber gemeinsam seien sie stark, haben sie gesagt. Gleich fahren sie mit dem Übertragungswagen los. Sie bleiben nicht mal bis zur Morgenbesprechung. Tschüs und viel Glück, Jungs!

Jetzt kommt Hedning, wirft mir einen düsteren Blick zu und loggt sich in seinen Computer ein. Verärgert murmelt er mehrmals: »Verdammte *Scheiße*!« Plötzlich haut er mit der flachen Hand aufs Diskettenlaufwerk und brüllt: »*Verfluchte Banken!* Keine vernünftigen Zinsen, und Dienstleistung ist ein Fremdwort, aber ihre Raten wollen sie pünktlich auf die Minute, sonst drohen sie mit Verzugszinsen, daß einem die Luft wegbleibt! Im letzten halben Jahr habe ich mehr an Verzugszinsen gezahlt, als was ich in den vergangenen zwanzig Jahren an Zinseinkünften bekommen habe!«

Mitten ins Gebrüll tritt Papa Richard in einem eleganten Mantel aus weichem, grauem Leder, der dem Winterwetter kaum standhalten dürfte. Aber Richard fährt seit kurzem in einem neuen silbernen, schnittigen Saab durch die Gegend, der vermutlich sogar über eine Standheizung verfügt. Er scheint wirklich das nötige Kleingeld zu besitzen. Aber vielleicht ist ja auch MaMa gut betucht. Che Vällivaara hat mir erzählt, sie sei die Tochter eines Großindustriellen hier aus der Gegend und hätte einiges an Goldschätzen geerbt. Seltsamerweise fährt sie nie mit dem Saab, sondern kommt meist mit dem Bus, da der Zweitwagen der Herrschaften Temperaturen unter null Grad nicht verträgt. Nur selten fangen MaMa und Papa gleichzeitig mit der Arbeit an. Sie wohnen in einem riesigen alten Kasten vor der Stadt, MaMas einstigem Elternhaus. Die Zeiten, als ein Troß Diener das Ganze erstklassig in Schuß hielt, sind allerdings schon lange vorbei, das erzählt jedenfalls Che mit leicht ironischem Unterton. Sie wird wohl auch gewisse Vorbehalte gegenüber klassischen Großindustriellen haben, aber sie schätzt MaMa. Nie habe sie vor den armen Kleinstadtjournalisten mit ihrem Reichtum geprotzt, sagt Che. Sie rackere sich ab wie alle anderen, obwohl sie es sich vermutlich leisten könnte, den ganzen Tag mit ihren Freundinnen im Golfclub über Cocktailrezepte zu plaudern.

Während ich Dir schreibe, lieber J., ist hinter meinem Rücken ein bösartiger Streit entbrannt. Papa murmelt leise und provokant gelassen, Hedning dagegen brüllt, mit der Stimme im Falsett.

»Geh zum Teufel, Richard, dir können Verzugszinsen und ähnliche Kleinigkeiten vollkommen egal sein, du hast dich schließlich mit deiner Heirat ins gemachte Bett gelegt! Wenn MaMa dir nicht diesen Schwulenmantel spendiert hätte, würdest du vermutlich mit einem billigen Fetzen aus dem Warenhaus rumlaufen wie alle anderen. Und den Saab hättest du auch nur im Schaufenster des Autohändlers bewundern können ...«

»Ins gemachte Bett? In dem hat sich Maria geräkelt, und zwar vollkommen freiwillig!« Papa grinst, fährt sich mit der Zungenspitze über die Lippen und schaut in meine Richtung. »Aber leider ist das Geld ihres Alten im 21. Jahrhundert nicht mehr so viel wert, verstehst du? Heutzutage geht es darum, seine Pfründe zu verwalten. Wenn man sie geschickt anlegt, bescheren sie einem ein behagliches Dasein und Mäntel, von denen du nur träumen kannst. Habe ich dich nicht kürzlich vor dem Secondhandladen der Arbeiterwohlfahrt gesehen?«

»Ich wollte verdammt noch mal nur einen Schreibtisch für die Kinder kaufen!« Benke Hedning brüllt immer lauter. Auch in der Redaktion wären schallisolierte Wände von Nutzen. »Wie schön für dich, daß du im Geld schwimmst, Richard! Da kannst du dann ja auch auf die Bewerbung um die Stelle des Programmdirektors verzichten. Viertausend mehr oder weniger im Monat spielen für dich doch wirklich keine Rolle, aber für meine Verzugszinsen würden sie gerade reichen!«

»Dream on, Benke!« erwidert Richard träge und studiert eingehend seine Fingernägel. »Die Stelle bekomme ich. Ich finde ganz einfach, daß sich der Titel gut auf meiner Visitenkarte machen würde. Du weißt doch, was Sir Edmund Hillary geantwortet hat, als er gefragt wurde, warum er denn unbedingt den Mount Everest besteigen müsse? ›Because it's there!‹ hat er gesagt. Tja, und ich will diesen Posten eben, weil er frei ist!«

Mit solchen englischen Zitaten wirft er um sich, um bei mir Eindruck zu schinden, da bin ich mir sicher. Er arbeitet an seinem Papa-Image. Benke läßt sich nicht beeindrucken, sondern wird nur noch wütender.

»Was soll denn das heißen? Ich habe mindestens fünf Jahre mehr Erfahrung und kenne mich mit mehr Programmtypen aus als du. Verdammt noch mal, du bist ja nicht mal ausgebildeter Journalist! Du bist hier nur reingerutscht, weil du eine große Klappe hast und stundenlang ins Mikro quatschen kannst, ohne überhaupt vorbereitet zu sein! Du wärst mir ein feiner Programmdirektor! Das ist ein Job, bei dem man echte Arbeit leisten muß. Und das weiß Nisse-Boß! Also vergiß es. Du bist wie ein großes Kind! Geh doch raus und spiel mit deinem Snob-Saab!«

Aber Richard läßt sich nicht provozieren. Er verschränkt die Arme im Nacken und lehnt sich im Stuhl zurück. Dann fixiert er Benke mit halbgeschlossenen Augen wie einer dieser unausstehlichen Talk-Show-Moderatoren. Inzwischen habe ich mich umgedreht und befürchte, daß Benke gleich einen Schlaganfall erleidet.

»Du meinst also, daß du Nisse in der Tasche hast? Daß ihr Kumpel seid? Daß er dich gern als seinen unmittelbaren Kollegen sähe?« fragt er träge.

Bengt Hedning verstummt plötzlich, reißt den Mund auf und schnappt nach Luft wie ein Goldfisch auf dem Trockenen. Wir alle wissen, wie oft er bei Nisse im Büro gewesen ist, um sich lautstark über Unzulänglichkeiten der Organisation zu beschweren. Benke ist nicht gerade das, was man feinfühlig nennen würde, jedenfalls nicht feinfühliger als ein Wolf, der sich über eine Herde Schafe hermacht. Nisse-Boß bricht der kalte Schweiß aus, sobald sich Benke bei der wöchentlichen Redaktionskonferenz zu Wort meldet.

Plötzlich holt Hedning tief Luft. Wahrscheinlich fällt ihm – wie mir – gerade ein, daß Nisse-Boß in letzter Zeit auffällig oft im Silber-Saab mitgefahren ist. Dann dreht er sich auf dem Absatz um und stürzt aus der Tür. Er stößt mit Che zusammen, die auf dem Weg zur Morgenbesprechung ist, und poltert dann den Korridor entlang.

Che macht einen großen Bogen um Richard und parkt ihr riesiges Hinterteil auf Toms und Sams leerem Schreibtisch.

»Was war denn mit dem los?« fragt sie. »Hat der Streit um den Fahrradweg plötzlich eine neue, sensationelle Wendung genommen?«

»Er hat gesehen, daß du im Anmarsch bist, meine kleine Viola!« sagt Richard und blinzelt ihr zu. »Und da hat er befürchtet, daß du dich auf *seinen* Schreibtisch setzen würdest.«

Das mit Viola ist eine neue Gemeinheit, mit der er sie schon die ganze Woche triezt. Die berühmte Riesendame Viola trat offensichtlich früher hier auf den Jahrmärkten auf. Che würdigt ihn keines Blickes.

»Da nur du und ich hier sind, Malla, nehme ich an, daß heute keine Morgenbesprechung stattfindet. Komm, wir gehen in den Pausenraum und überlegen, wie wir uns nützlich machen können.«

Irgendwas ist faul in der Redaktion, Jonas! Als ich hier anfing, war die Atmosphäre noch nicht so vergiftet. Wenn das so weitergeht, lasse ich mich für den Rest des Praktikums krankschreiben! Dann komme ich zu Dir, wohne in Deiner Einzimmerwohnung, lasse mich pflegen und wärme Deine Pantoffeln am Herd. Was hältst du davon?

Deine fröstelnde Freundin

Malla

/senden/

Gespenster, Wachleute und denkmalgeschützte Kopenhagener

Malla Vilhelmssons Tagebuch, Sonntag, den 5. Februar:
So allmählich kann ich wieder gleichmäßig atmen. Ich werde nicht mehr von Schluchzen geschüttelt wie ein erschöpftes Kind, und die wohltuende Wärme einer Tasse mit starkem Tee strömt beruhigend durch meinen Körper. Ich bin mir bewußt, daß ich auf der Phantasieskala irgendwo zwischen »überdreht« und »geradezu ungesund« rangiere. So ist das immer. Ich bilde mir Sachen ein, dann blase ich sie auf, bis ich außer mir vor Angst bin und mich anschließend benehme, als seien meine Einbildungen pure Wirklichkeit. Das ist schon früher vorgekommen und hat mir Ärger eingebracht. In meiner jetzigen unsicheren Position kann ich mir so was nicht erlauben!

Es kann einfach nicht wahr sein, was ich da gesehen habe.

Pack dich jetzt an deinem ausgeleierten Rollkragen, Malla, setz dich in den wackligen Sessel und laß das Wochenende noch mal Revue passieren. Irgendwas muß doch diese hysterische Reaktion ausgelöst haben. Wir fangen einfach noch mal von vorn an, ganz ruhig und gelassen, vielleicht sogar mit etwas Humor. So wie du dich immer Jonas gegenüber gibst. Relaxed. Cool. Genau so, ja!

Ein wirklich seltsames Wochenende. Ich habe mich in dieser Stadt bislang noch nie so einsam gefühlt. An Wochenenden war ich bisher immer vollauf damit beschäftigt, die kleine, fürchterliche Mansarde, in der ich wohne, auf Vordermann zu bringen. Oder ich war im Sender, habe aus purer Langeweile im Internet herumgesurft und mich mit gestreßten freien Mitarbeitern unterhalten, die sich um die Übertragung der aktuellen Sportergebnisse kümmerten. Ich habe es aber auch genossen, allein in der Redaktion zu sitzen. Schließlich besitze ich ja einen Schlüssel, und das alte Haus ist eine recht angenehme Bleibe für ein armes Mädchen, das es in eine fremde Stadt verschlagen hat.

Abends gehe ich ins Kino und sehe mir die Filme zum zweiten Mal an, die ich schon vor einem halben Jahr, als sie neu waren, zu Hause in Stockholm gesehen habe. Gelegentlich gehe ich auch in einen der beiden Pubs. Im »Route 69«, wohin Carina und Dave mich das erste Mal mitgeschleppt haben, treibt die motorisierte Jugend ihr Unwesen: hierzulande also die Besitzer von Schneemobilen.

Meist werde ich von irgendeinem Riesenkerl angesprochen, der mir ein großes Bier in die Hand drückt und dann mit glühender Leidenschaft und in allen Einzelheiten von seinem Lynx erzählt, damit ist natürlich ein Schneemobil gemeint, in das er närrisch verliebt ist. Solche Typen fragen nie, womit ich mich denn so beschäftige. Sie gehen einfach davon aus, ich sei Schwesternhelferin. Manchmal wollen sie mehr, hoffen, daß ich einen Hausbesuch mache und mit ihnen Doktorspielchen treibe. Aber dann behaupte ich immer, ich sei von der Gemeinde beauftragt, die Quellen von selbstgebranntem Schnaps ausfindig zu machen. Dann verlieren sie immer vollkommen die Fassung und torkeln davon, um den Barkeeper zu warnen, und ich bringe mich in Sicherheit. Manchmal erzählen sie auch fürchterliche Witze, und ich lasse jegliche political correctness sausen und lache, bis mir die Tränen kommen. Angeblich stärkt Lachen das Immunsystem. Dank der Abende im Pub bin ich der diesjährigen Grippewelle entronnen.

In diesem Pub wird Country-Music gespielt, und wenn sich die Gäste genug Bier hinter die Binde gekippt haben, reiten sie auf einem dieser Rodeoautomaten, die in vollem Tempo in sämtliche Richtungen kippen. Einmal haben sie mich auch auf so einen künstlichen Stier gelockt. Seitdem bin ich nie mehr dort gewesen und habe den Abend komplett verdrängt.

Den anderen Pub frequentieren vor allem Herren, die sich ihre wenigen Haare über die Glatze kämmen und lässig herumstehen, die linke Hand in die Hosentasche gesteckt. Das behauptet zumindest Carina, und was die Beurteilung unbekannter Herren angeht, verlasse ich mich zumindest teilweise auf sie. Ich glaube nicht, daß sie einen Dichter oder einen Serienmörder erkennen würde, aber sie würde ihnen ansehen, ob sie verheiratet oder geschieden sind und ob sie mit jemandem zusammenleben. Außerdem kann sie fast auf den Hunderter genau ihr Einkommen schätzen. Aber das interessiert mich jetzt wirklich nicht sonderlich. Das einzige Mal, als ich im »Blå Skänken« war, bemerkte ich sofort, daß das Durchschnittsalter durch mein Erscheinen um etwa zwei Jahre sank, und das, obwohl es brechend voll war ...

Einige wenige Male war ich auch bei Kollegen zu Hause. Sam, Tom und ich spielen ab und zu in ihrer spärlich möblierten Zweizimmerwohnung Poker, während aus verchromten Lautsprechern Opernarien dröhnen. Che habe ich auch besucht. Sie hat mich zum Abendessen eingeladen und mir in einer gemütlichen, bunt eingerichteten Wohnung von den Abenteuern ihrer Jugend erzählt. Überall standen so viele Blumen, daß man fast eine Machete gebraucht hätte, um sich einen Weg zur Toilette zu bahnen. Nisse-Boß und Bengt Hedning wohnen in Einfamilienhäusern außerhalb der Stadt mit Ehefrauen, Kindern, Hunden, Rasenmähern und allem, was dazugehört. Vermutlich würde es ihnen nicht mal im Traum einfallen, einer Praktikantin Einblick in ihre

Privatsphäre zu gewähren. MaMa und Papa wohnen wie gesagt auf dem Land. MaMa hat mich gebeten, unbedingt vorbeizuschauen, wenn ich in der Gegend sein sollte, aber ohne Auto kommt man da nicht hin.

Carina und Dave haben mich auch mal zu sich nach Hause eingeladen, aber nur auf einen kleinen Drink vor dem Pubbesuch. Sie wohnen in einer ausgesprochen aufgeräumten Dreizimmerwohnung mit komplizierten Gardinengebilden aus aprikosenfarbenem Chintz, Kupferabdeckungen auf den Herdplatten und einem großen Bücherregal mit kleinen Tieren aus Bleikristall und Videokassetten in Lederhüllen, die aussehen wie Bücher. Carina entschuldigte sich die ganze Zeit dafür, daß es so unordentlich sei, und mir war klar, daß ich sie nie in mein Zimmer würde einladen können, denn dort ist es wirklich unaufgeräumt. Im Bücherregal findet sich alles mögliche von Slips bis zu Krimis, zwischen deren Seiten Butterbrote kleben. Gardinen gibt es auch keine, seit ich eines Nachts panisch im Halbschlaf die lila großgeblümten Vorhänge der Vermieterin heruntergerissen habe, weil ich mir einbildete, die riesigen Rosen würden mich erschlagen. Und das einzige, was meine Kochplatte bedeckt, ist die eingebrannte Milch, die kürzlich übergekocht ist.

Stig wohnt, seit seine Frau ihn rausgeschmissen hat, in einer Zweizimmerwohnung irgendwo im Westen. Ihn besuche ich natürlich nicht. Ich habe das Gefühl, daß er sofort anfangen würde, fieberhaft leere Schnapsflaschen zu verstecken, wenn ich bei ihm klingeln würde. Allerdings hat MaMa unlängst beiläufig erwähnt, sie habe ihn besucht und Vorhänge bei ihm aufgehängt. Offenbar ist es sehr nett und ordentlich bei ihm zu Hause. Er hatte sogar Lasagne und Mousse au chocolat für MaMa zubereitet und war wohl den Tränen nahe, als sie nicht zum Essen bleiben konnte. Denn sie hatte Richards Saab »ausgeliehen« und mußte ihn zurückbringen. Schließlich stellte sie ihm eine gemeinsame Langlauftour in Aussicht, zu der er dann Kaffee und Kuchen mitbringen dürfe.

Wo Haqvin Storfjell wohnt, kann ich nicht mal erahnen. Wahrscheinlich hängt er mit dem Kopf nach unten in irgendeiner Höhle.

Wie gesagt – es war ein seltsames und ziemlich bedrückendes Wochenende. Jetzt ist es Sonntagabend, und ich bin gerade mit rasendem Puls nach Hause gekommen, denn folgendes ist passiert:

Den ganzen Samstag pfiff der Sturm um die Hausecken, und ich wagte mich nicht vor die Tür. Natürlich hätte ich eine Weile ins Funkhaus gehen können, um in wärmere Länder zu surfen – aber irgendwie war mir nicht danach. Die dicke Luft, die schlechte Stimmung unter meinen Kollegen, hängt immer noch wie abgestandener Zigarettenrauch in den Ecken des alten Kaufmannshauses. Ich lag also den ganzen Tag im Bett und las. Abends zog ich sämtliche Kleider über und ging raus, um mir ein Video auszuleihen. Irgendwo holte ich mir auch noch eine fade Take-away-Pizza mit gummiartigem Käse und vergrub mich dann wieder unter Kissen und Decken.

Am Sonntag war die Welt von weißem Neuschnee verhüllt. Nur der Himmel war schwarz, einen kurzen Moment mitten am Tag auch bleigrau. Was sollte ich bloß anfangen? Sam und Tom waren mit ihren schwulen Kumpels in Mörtsele, die beiden Filme, die im Kino liefen, hatte ich schon gesehen, und ich hatte den ganzen Samstag über gelesen, bis ich meinen Blick nicht mehr fixieren konnte. Ich versuchte es mit einem Spaziergang, aber bei dem Schnee war fast kein Durchkommen. Sonntags wird kaum geräumt.

Auf dem Weg zum Bahnhofskiosk, in dem ich eine Abendzeitung kaufen wollte, sah ich etwas, was mir nicht gefiel. Carina und Richard Malmström saßen in dem silbernen Saab und waren lebhaft miteinander beschäftigt.

Tja. Vermutlich ist es kein großes Geheimnis, daß er Carina anbaggert und daß sie zurückbaggert. Im Funkhaus sind sie einfach diskreter. Jetzt packt sie sicher bald ihre Kupferdeckel und ihre Glasmenagerie zusammen und zieht aus – aber was tut er? Will er MaMa nach so vielen Ehejahren einfach verlassen, und wie soll es dann weitergehen? Sollen Dave und MaMa an ihrem Arbeitsplatz sitzen und die Romanze der beiden aus der ersten Reihe verfolgen? Das wäre für alle Beteiligten unerträglich. Und kann es sich Richard mit seinen teuren Hobbys wirklich leisten, MaMa zu verlassen?

Eine Viertelstunde schlug ich im »Neuen Café« tot. (Neu? Sie sollten es unter Denkmalschutz stellen – oder zumindest seine Kopenhagener!) Resigniert betrat ich schließlich die Räumlichkeiten von Radio Nordost, um zu sehen, ob ich nicht irgend jemanden treffen würde, mit dem ich sprechen könnte. Aber es war bereits spät und die begeisterte Berichterstattung des letzten Sportredakteurs bereits verhallt. Die Räume lagen verlassen und dunkel da. Stockdunkel wird es allerdings nie, denn in den Ecken brennt immer die Notbeleuchtung.

Auf einmal geschah etwas völlig Unbegreifliches. Ich mußte allein im Gebäude sein, denn bei meiner Ankunft war die Außentür zweifach verschlossen und die Alarmanlage eingeschaltet gewesen. Das hatte wohl noch der letzte Sportreporter erledigt. Wenn man nicht ordentlich abschließt, kommen sofort die Burschen von der Securitas reifenquietschend um die Ecke gebraust und wollen wissen, was los ist, und jeder falsche Alarm kommt einen teuer zu stehen. Darauf hat Nisse-Boß bei den wöchentlichen Redaktionskonferenz immer wieder ausdrücklich hingewiesen. Nicht einmal ein Fenster darf auch nur einen Spalt weit offenstehen.

Es konnte sich eigentlich niemand im Haus befinden, es

sei denn, irgend jemand hielt sich dort versteckt und hatte abgeschlossen, damit es so aussah, als habe er das Gebäude verlassen.

Aber er war noch dort – wie sich herausstellen sollte.

Ich ging in die Eins und legte den Hauptschalter um. Das Mischpult erwachte zum Leben, piepste und blinkte, als hätte ich einen schlafenden Bären geweckt. Bis ich die richtigen Knöpfe gefunden und alles zur Ruhe gebracht hatte, war mir etwas unbehaglich zumute. Ich suchte den Sender P 3, machte es mir mit einem Kopfhörer gemütlich und hörte mir ganz laut ein paar Songs und das Zwischengeplauder an. Ich liebe P 3! Von wegen »Jugendradio«. Ich werde noch im Altersheim P 3 hören, und wenn ich dafür eine Sondererlaubnis brauche!

Aber mein Unbehagen verflog nicht. Ich hörte mir den Seewetterbericht an, der fast so beruhigend wirkt wie Valium. Windstärke acht bei Lerwick und Bjuröklubb, vorgetragen mit tonloser Stimme. So tönt es unverändert seit meiner Kindheit aus dem Radio. Irgendwann kam ich mir etwas blöd vor – schließlich braucht man kein komplettes Funkhaus, um Radio zu hören. Ich stand auf und machte das Licht im Studio aus, um nach Hause zu gehen.

Als ich die Tür zum Eingangsbereich öffnete, sah ich plötzlich ... Alle, die gerade heimlich mein Tagebuch lesen, sollten es an dieser Stelle zuklappen. Denn sonst lande ich noch in der Anstalt.

Im Dunkeln hinten an der Treppe sah ich ein Gespenst.

Jedenfalls sah ich eine flatternde, weiße Gestalt mit der Andeutung eines Kopfes. Dort, wo das Gesicht hätte sein müssen, klaffte jedoch ein Loch. Beine hatte das Wesen auch keine! Geräuschlos schwebte es auf die Kellertreppe zu.

Ich tat das in dieser Situation einzig Vernünftige: Ich kreischte hysterisch und rannte weg.

Die Haustür ließ ich offenstehen, während ich mich schluchzend auf den Heimweg durch die Schneemassen machte. Um das Gespenst sollte sich die Securitas kümmern.

Und jetzt sitze ich hier. Mein Herz pocht immer noch, und ich habe einen metallischen Geschmack im Mund.

Wie soll ich das nur meinen Kollegen erzählen? Und was sage ich den Leuten von der Securitas?

Wie konnte das passieren?

EXPRESSEN
RADIOREPORTER BEI LAUFENDER SENDUNG
MIT AXT ERSCHLAGEN!
70 000 HÖRER VERFOLGTEN SEINEN TODESKAMPF –
WIE KONNTE DAS PASSIEREN?

TT, Montag, 6. Februar
Richard Malmström, der bekannte Moderator von Radio Nordost, wurde heute morgen um 7.44 Uhr in einer Livesendung überfallen und brutal mit einer Axt erschlagen. Der Mord wurde von etwa 70 000 Hörern mitverfolgt, die Malmströms Frühstückssendung »Frisch aufgebrüht« lauschten. Hunderte riefen sofort bei der Telefonzentrale des Senders an, die daraufhin zusammenbrach. Trotz der vielen Zeugen bleibt der Mord rätselhaft. Der Mörder betrat das Studio, in dem sich Richard Malmström auf Sendung befand, erschlug ihn brutal mit einer Axt und verschwand spurlos – obwohl sich nicht weniger als drei Personen vor dem einzigen Ausgang des Studios aufhielten. Die Mordwaffe, eine Axt des Herstellers Haglöf, blieb am Ort des Verbrechens zurück. Die Polizei hat bisher noch keine Stellungnahmen abgegeben, aber für heute nachmittag wurde eine Pressekonferenz anberaumt.

Richard Malmström arbeitete seit 17 Jahren bei Radio

Nordost und war ein beliebter und geschätzter Moderator unseres Bezirks. An diesem Montagmorgen kam er wie immer mit seiner Ehefrau Maria, die ebenfalls beim Sender arbeitet, ins Funkhaus. Er zog sich in eines der beiden Sendestudios von Radio Nordost zurück und ging wie auch sonst vor der Sendung die Liste der Platten durch, die gespielt werden sollten. Um halb acht, als aus dem anderen Studio die überregionalen Nachrichten gesendet wurden, wechselte seine Frau ein paar Worte mit ihm. Anschließend schloß Richard Malmström die Tür hinter sich und begann sofort mit der Sendung »Frisch aufgebrüht«.

Seine Frau verließ zusammen mit einer Kollegin das Sendehaus, um bei einer nahe gelegenen Tankstelle etwas zu essen zu kaufen. Auch dort erklang »Frisch aufgebrüht« aus den Lautsprechern. Die Ehefrau war also eine der vielen Zeugen, die mitanhören mußten, wie sich Richard Malmström plötzlich mitten im Satz unterbrach und rief: »Was zum Teufel ...« Anschließend war ein dumpfes Geräusch zu vernehmen, das vermutlich vom Auftreffen der Axt auf seinem Schädel herrührte. Er stöhnte ins Mikrofon und fiel dann, dem Getöse nach zu urteilen, zu Boden.

Seine Frau rannte sofort zum Funkhaus zurück. Im Eingangsbereich, von dem aus man die Türen zu den beiden Sendestudios im Blick hat, hielten sich der Senderchef Nils Boström, die Telefonistin Carina Sällström und der Nachrichtenchef Bengt Hedning auf. Laut eigenen Angaben hörten auch sie, wie die Radiosendung unterbrochen wurde. Bengt Hedning betrat den Senderegieraum zwischen den beiden Studios, von dem aus man durch ein Fenster ins »Frisch aufgebrüht«-Studio schauen kann. Als er Malmström nicht vor seinem Mikro sah und seine Gestalt auf dem Fußboden auszumachen glaubte, trat er durch die Eingangshalle in Malmströms Sendestudio, um nachzusehen, was los sei.

Ein fürchterlicher Anblick erwartete ihn: Sein Kollege lag mit gespaltenem Schädel auf dem Fußboden, neben ihm eine blutige Axt der Marke Haglöf. Hedning alarmierte sofort den Krankenwagen und die Polizei. Ungefähr zur gleichen Zeit kehrte Malmströms Frau ins Funkhaus zurück. Entsetzt stürzte sie ins Studio und brach weinend über der Leiche ihres Mannes zusammen. Kurz darauf nahmen sich die Sanitäter ihrer an.

Radio Nordost legt heute eine Pause ein. Als einziges werden Trauermusik und Informationen über die jüngsten Vorfälle gesendet.

Zwölfuhrnachrichten, »Echo des Tages«,
Montag, den 6. Februar:
... wie die Redaktion erfahren hat, war der ermordete Richard Malmström ein geschätzter Radiomoderator und erfreute sich an seinem Arbeitsplatz allgemeiner Hochachtung. Die Angestellten von Radio Nordost sind ratlos, was das Motiv für den brutalen Mord betrifft. Auch der Tathergang ist rätselhaft. Der Mörder muß an drei Personen vorbeigegangen sein, sich in einen geschlossenen Raum begeben und den Mord begangen haben. Seine Mordwaffe muß er liegengelassen haben und schließlich erneut an den drei Zeugen vorbei durch die Tür verschwunden sein ...

Rapport, 18 Uhr (aus einem Interview mit dem
Polizeipräsidenten Åke Björklund):
Reporter: Aber wie war so etwas nur möglich? Gibt es bei Sveriges Radio keine Sicherheitsvorkehrungen?

Björklund: Natürlich gibt es die! Alle Türen und Fenster des Senders sind mit einer Alarmanlage ausgerüstet. Diese wird ausgelöst, sobald Unbefugte das Gebäude betreten. Wir haben uns natürlich bei den zuständigen Wachleuten erkundigt. Gestern abend scheint es einen ungewöhnlichen

Vorfall gegeben zu haben: Zwei Nachtwächter fuhren gegen zwanzig Uhr zum Funkhaus, weil der Alarm ausgelöst worden war. Die Haustür stand offen. Die beiden Nachtwächter durchsuchten das Gebäude gründlich, ohne jedoch etwas Verdächtiges zu finden. Niemand hielt sich in den Räumlichkeiten auf. Das Gebäude war also leer, bis heute morgen gegen sechs der Nachrichtenredakteur eintraf. Kein Unbefugter scheint bis zum Zeitpunkt des Mordes den Sender betreten oder verlassen zu haben. Der einzige Eingang wurde ständig von einem oder mehreren Angestellten überwacht.

Reporter: Heißt das, daß der Mord von einem der Angestellten begangen worden sein muß?

Björklund: Es ist zu früh, darüber zu spekulieren. Aber auch, wenn wir uns bei unseren Nachforschungen auf die Kollegen des Ermordeten beschränken, bleiben mehrere Fragen offen, insbesonders folgende: Wie verschaffte sich der Mörder Zutritt zum Tatort, einem Raum mit von innen verriegelten und außerdem durch eine Alarmanlage gesicherten Fenstern, vor dessen einziger Tür sich überdies drei Personen befanden?

Reporter: Das klingt wie das klassische Kriminalrätsel des »verschlossenen Raums«.

Björklund: In gewisser Weise ja. Die Polizei wird mit allen Personen sprechen, die zum Zeitpunkt des Mordes oder auch am Sonntagabend irgend etwas Auffälliges beobachtet haben – wer hat sich Zugang zu den Räumlichkeiten des Senders verschafft und anschließend die Haustür offenstehen lassen?

[Schnitt zum nächsten Beitrag.]

Reporter (nicht mehr auf Sendung): Aber das klingt doch vollkommen bescheuert. Ich meine, daß niemand etwas gesehen hat!

Björklund: Es ist noch viel schlimmer. Siebzigtausend Leute haben etwas *gehört*, und jeder von ihnen hat eine eigene Theorie. Und die rufen uns an, um uns davon zu erzählen. Kein einziger Augenzeuge, aber siebzigtausend verdammte Ohrenzeugen! Ich glaube, ich werde wahnsinnig!

Kalte und warme Strömungen

An: <jonas.mansson@norrlands.folkblad.se>
Von: <malla.vilhelm@radionordost.sr.se>

11.45 Uhr. In aller Eile eine E-Mail an Dich. Ich vermute, daß Du die Nachrichten gehört hast – ja, es ist wahr. Richard wurde heute morgen während seiner Livesendung ermordet. Es gibt etwa 70 000 Zeugen, aber keiner von ihnen hat den Mord gesehen – und mir wird ganz schlecht bei dem Gedanken, daß ich Dir noch vor wenigen Tagen geschrieben habe, wie praktisch es doch wäre, wenn sich ein Mord oder irgend etwas anderes ereignen würde, woraus sich Schlagzeilen machen ließen, damit ich meinen Job behalten könnte. Ich bin mir sicher, Du verstehst, wie das gemeint war und daß ich in keiner Weise so etwas herbeigewünscht habe, denn offen gestanden habe ich so was Scheußliches noch nie erlebt.

Es ist mir auch schleierhaft, wie es den Beteiligten in Kriminalromanen gelingt, sich so besonnen und durchdacht zu verhalten. Stets beginnen sie unverzüglich damit, sich gegenseitig zu befragen, und gehen systematisch durch, wo sich jeder zum Zeitpunkt des Mordes befunden hat. Bei Radio Nordost hingegen ging es den ganzen Tag zu wie im Irrenhaus. Die Polizei ist natürlich da und zieht ihr Ding durch. Sie fotografieren das arme Schwein da drinnen, ziehen Kreidelinien, sperren alles mit Plastikbändern ab und verhören uns einen nach dem anderen. Wir dürfen das Gebäude nicht verlassen, die einzige Ausnahme ist MaMa. Nisse-Boß sitzt, das Gesicht in den Händen vergraben, auf dem Sofa in der Eingangshalle und wiegt sich hin und her. Das tut er jetzt schon seit mehreren Stunden. Man kann wirklich nicht von ihm behaupten, daß er das Schiff mit fester Hand durch den Sturm segelt.

Bengt Hedning läuft hin und her, packt alle, die er sieht, am Unterarm und schreit: »Aber wir müssen doch irgendwas daraus machen, das ist doch unsere Story...« Carina hat ihn gerade unter hysterischem Heulen mit einem bleischweren Locher beworfen. Sie traf daneben, sonst hätte die Polizei gleich einen weiteren Fall an der Hand gehabt.

Ohnehin zeichnet sich Carina momentan nicht durch eine sonderlich würdevolle Haltung aus. Auch ich kann verstehen, daß die Sache sie ziemlich mitnehmen muß, falls Richard nun wirklich ihr heimlicher Geliebter war – aber das entschuldigt nicht, wie sie sich der armen MaMa gegenüber aufgeführt hat.

Ich glaube, ich muß weiter ausholen.

Das Wochenende war ziemlich lausig – das einzig Erwähnenswerte ist, daß ich gesehen habe, wie Carina und Richard in seinem schnieken Wagen am Sonntagnachmittag auf dem Bahnhofsparkplatz herumgeknutscht haben. (Ich vermute, daß ich das der Polizei erzählen muß.) Am Sonntagabend ereignete sich etwas wirklich Unbegreifliches, und ich frage mich mittlerweile, ob es nicht im Zusammenhang mit den Ereignissen des heutigen Tages steht. Ich saß gegen sieben Uhr etwa eine Stunde lang allein im Funkhaus herum und hörte etwas unkonzentriert Radio. Ich wollte gerade in die Eingangshalle schleichen, um heimlich ein paar Zeitungen mitgehen zu lassen. (Uns werden nämlich alle möglichen Zeitungen und Zeitschriften zugesandt, aber niemand liest sie. Es ist ein Verdienst, wenn ich die anderen wenigstens von einigen befreie!) Gerade als ich die Eingangshalle betrete, fällt mein Blick auf – ja, Jonas, hättest du mich bisher für psychisch labil gehalten? – ein Gespenst, das Richtung Kellertreppe schwebt. Es war dunkel, aber nicht stockdunkel, und ich kam aus einem hell erleuchteten Studio, aber trotzdem! Ich sah also eine Gestalt in einem weißen, wehenden und bodenlangen Kleidungsstück, die lautlos auf die Treppe zu und in den Keller hinunterschwebte! (Ich hab's gesehen. Ich hab's gesehen. Wirklich!) Und ich glaube keine Sekunde lang daran, daß es etwas Übernatürliches gewesen sein könnte, aber was war es dann?

/senden/

An: <jonas.mansson@norrlands.folkblad.se>
Von: <malla.vilhelm@radionordost.sr.se>

14.27 Uhr. Mußte eine Pause einlegen. Die Staatsgewalt in Gestalt einer Frau kam, um mich zum ersten Verhör abzuholen. Wir gingen ins Büro von Nisse-Boß. Sie heißt Kriminalinspektorin Munter, obwohl Grimmig besser zu ihr gepaßt hätte. Mit ihr war wirklich nicht zu spaßen. Nicht daß sie unfreundlich gewesen wäre, aber sie hatte so eine Art, still dazusitzen und mich anzustarren, wenn ich etwas erzählte, daß ich zum Schluß ganz nervös wurde, Gesagtes zurücknahm und mich in Widersprüche verwickelte. Und das, obwohl ich doch gar nichts zu verbergen habe. Oder doch, eines: Ich verschwieg das Gespenst vom Sonntagabend. Sonst hätte sie mich sofort als unzurechnungsfähige, pathologische Schwindlerin eingestuft. Es fiel mir nicht schwer, in dieser Sache Stillschweigen zu bewahren, schließlich hat sie nicht danach gefragt (mir ist allerdings klar, daß ihr jemand von der Securitas früher oder später erzählen wird, daß ich die Tür aufgelassen habe, aber das soll mich jetzt nicht kümmern). Sie hat mich nur gefragt, was am Morgen passiert sei, und ich habe es ihr erzählt.

Ich kam zeitig ins Funkhaus (um die Lage zu peilen und zu sehen, ob die Eingangstür immer noch offenstand. Und um mich wichtig zu machen und eine verblüffend gute Nachrichtensendung zusammenzustellen, falls ich wirklich einen Fehlalarm ausgelöst haben sollte. Kannst Du folgen?). Kurz vor sechs traf ich dort ein und war somit die erste.

Draußen achtzehn Grad unter Null, und der Parkplatz nicht geräumt. Ich gab Gas, schoß in den losen Neuschnee, schleuderte eine Viertelumdrehung und holte das Kabel für die Motorheizung hervor.

Dann näherte ich mich vorsichtig dem Eingang. Die Tür stand nicht mehr offen – und war abgeschlossen! Jemand war also dort gewesen, wahrscheinlich die von der Securitas. Es widerstrebte mir, ins dunkle Gebäude zu treten, deswegen trällerte ich laut ein Liedchen vor mich hin, ich erinnere mich sogar noch, welches:

Alle können singen,
alle singen mit,
bei kadu kodaye
kadu Kadee!

Ein afrikanisches Lied, das wir im Kindergarten von den Erzieherinnen mit ihren Lappenstiefeln und Palästinensertüchern gelernt hatten, die auf Lieder aus der Dritten Welt spezialisiert waren. Ich schmettere das Lied immer, wenn ich mir einreden will, daß ich guter Laune bin.

(Du siehst, wie verwirrt ich bin. Ich gebe zu, daß ich noch unter Schock stehe. Sowas passiert nur in Videos, denkt man. Die Wahrnehmung gerät durcheinander, der Boden schwankt – könnte jemand freundlicherweise die Pausentaste drücken?)

Sobald ich im Gebäude war, drehte ich den Thermostat hoch. Carina, die immer fröstelt, hat mir die Stelle neben der Alarmanlage gezeigt, an der er befestigt ist. Es war eiskalt. Lag das an der Kälte draußen oder daran, daß die Tür die ganze Nacht offengestanden hatte? Ich wollte gar nicht erst darüber nachdenken.

Ich setzte mich an meinen winzigen Schreibtisch im Obergeschoß, loggte mich ein und sichtete, was die Nachrichtenagenturen über Nacht reinbekommen hatten. Gegen zwanzig nach sechs sah ich MaMas und Richards silbernen Saab über die Schneewälle schleudern und auf den Parkplatz einbiegen. Beide stiegen aus. MaMa hat den ganzen Vormittag Bereitschaftsdienst als Tontechnikerin. Richards Morgensendung »Frisch aufgebrüht« beginnt um halb acht.

Ehrlich gesagt erscheint er sonst weder so früh noch in ihrer Gesellschaft. Für gewöhnlich kommt sie mit der ersten Morgendämmerung in einem alten Toyota angeknattert, während er drei Minuten vor Sendebeginn auf seinem Motorrad oder in seinem Silber-Saab heranprescht, um zu zeigen, was für ein toller Hecht er ist. Aber bei minus achtzehn Grad bockte der Toyota vermutlich, und auf seinem Feuerstuhl wäre Richard wahrscheinlich sofort zu einem Eiszapfen erstarrt.

Ich machte mit meinen Kurzmeldungen für die Sieben-Uhr-Lokalnachrichten weiter, während Herr und Frau Malmström vermutlich das Haus betraten und ihre Arbeit in Angriff nahmen. Von unten hört man nicht viel.

Falls Du etwas über meine psychische Verfassung an diesem bewegten Tag wissen willst, so kann ich Dir versichern: Schon bei dem geringsten Geräusch bin ich zusammengezuckt. Bereits als ich in die Eingangshalle kam, meinte ich, Lärm von der Kellertreppe zu hören, als würde dort unten ein Motor aus- und angehen. Ein Motor ...? Gegen halb sieben schepperten die Fensterscheiben von einer Windbö. Ich fuhr auf und löschte versehentlich einen langen Text über die Schließung einer Poliklinik und fühlte mich gleich wieder so gestreßt wie jeden Morgen. Kurz vor sieben war ich dann so nervös und gehetzt, daß ich meinte, irgendwoher die Schreie einer Frau zu hören ... Vermutlich war es bloß MaMa, die über unsere Hausratte gestolpert war, versuchte ich mir einzureden.

In allerletzter Sekunde lief ich runter ins Studio eins und verlas meine Sieben-Uhr-Nachrichten. Ein Gemisch aus Resten vom Vortag, den Schlagzeilen der Lokalblätter und Agenturmeldungen. Das Ganze hübsch mit ein paar ausgesuchten Happen dekoriert, die ich selbst geschrieben hatte, wozu mich Hedning erbarmungslos gezwungen hatte.

MaMa saß im Kabuff und winkte mir lächelnd durchs Fenster in der Wand zu. Nachdem ich eine Platte aufgelegt und die rote Sendelampe gelöscht hatte, kam sie zu mir rein. Sie gähnte. »Richard und ich hatten keine Zeit zu frühstücken«, sagte sie. »Aber um halb acht öffnet die Statoil-Tankstelle. Sollten wir nicht ein großes Frühstück für die Nachrichtenbesprechung kaufen? Neuerdings gibt es dort auch Donuts mit Schokoguß!«

Ich nickte, und sie ging wieder ins Kabuff, um ein Band mit einem Endlosinterview mit einem Hinterwäldler einzuschieben, der Gegenstände aus Birkenwurzeln schnitzt. Es würde bis halb acht laufen. Als ich kurz nach halb sieben aus dem Nachrichtenverschlag kam, hatte die Frühschicht bereits mit der Arbeit begonnen. Carina sitzt immer schon ab sieben in der Telefonzentrale. An diesem Morgen saß Dave hinter ihr und drehte sich auf seinem Bürostuhl immer um sich selbst. Es war allzu offensichtlich, daß er nur dort saß, damit Carina keine Dummheiten machte, wenn sie mit Richard allein war. Und außerdem saß Benke Hedning dort, der mir bereits auf fünf Meter Entfernung zurief: »Was! Heute etwa pünktlich? Oder bist du Freitag nicht nach Hause gegangen?«

Er geht davon aus, daß sämtliche Praktikanten in den Tiefschlaf verfallen, sobald er nicht da ist, um ihnen ins Genick zu springen. Damit hat er teilweise recht. Wobei er sich, wenn auch widerstrebend, irgendwie doch darauf verläßt, daß ich hier bin und meine Morgensendungen mache, wenn ich Schicht habe. Sollte mir ein Fehler unterlaufen, würde ihn das auch nicht weiter stören, denn das böte ihm Gelegenheit, seine allmorgendliche schlechte Laune an mir auszulassen. Befindet sich gerade kein Praktikant in der Nähe, reagiert er sich am Kaffeeautomaten ab.

(Verzeih meine Ausführlichkeit und meine Abschweifungen, Jonas. Daran ist Tante Grimmig von der Polizei schuld – sie lag mir damit in den Ohren, daß ich versuchen solle, mich an jedes noch so kleine Detail zu erinnern.)

Ich ging in die Redaktion hinauf und erkundigte mich, ob bei der örtlichen Polizei etwas vorgefallen sei. Dann sprach ich kurz mit dem Wetteronkel vom Flugplatz in Kallax. Schließlich ging ich wieder runter in die Eins und machte mit ihm ein Telefoninterview wegen des Kälterekords im Binnenland. Das muß etwa um Viertel nach sieben gewesen sein. MaMa saß immer noch im Kabuff und gab mir durch Handzeichen zu verstehen, wie fürchterlich hungrig sie sei. Auch mein Magen schien zu raunen: »Donuts! Donuts! ... Mit Schokolaaade ...«

Richard war nirgends zu sehen, aber ich dachte nicht weiter darüber nach. Vermutlich saß er in der Zwei. Wenn er nicht gerade in einer Livesendung sitzt, legt er gerne seine langen jeansbekleideten Beine auf einen Tisch, faltet die Hände auf der Brust, läßt den Kopf nach vorn fallen und schläft ein. Fehlt eigentlich nur noch der Cowboyhut. Manchmal tut er auch nur so, als schliefe er – wenn man sich schnell genug umdreht, kann man sehen, wie er einen aus halbgeschlossenen Augen beobachtet. (Beobachtete, meine ich. Beobachtete!)

Ich dachte eine Augenblick an Sam und Tom, die vielleicht gerade bei minus dreißig Grad in einem Hundeschlitten saßen und mit halberfrorenen Fingern an ihrem tragbaren Sendegerät herumfummelten. Sie hatten versprochen, in Richards »Frisch aufgebrüht« live vom Gay-Pride-Festival zu berichten. Irgendwie hat man dabei die sommerlichen großstädtischen Regenbogendemos mit den schön geschminkten jungen Männern im Kopf – aber man stellt sich diese jungen Männer irgendwie nicht in Fjällräven-Jacken vor, verfroren und mit geröteten Nasen an einem stockdunklen Wintermorgen irgendwo im norrländischen Hinterland.

Ich erinnere mich ganz deutlich an *alles*, was ich vor dem Mord dachte, sah und tat: an die Donuts mit Schokoguß, an Schwule mit roten Nasen, den kleinen Morgenflirt mit dem Wettermann in Kallax ... So ist es angeblich immer, wenn sich ein Unglück ereignet. Man erinnert sich glasklar an alle Details der vorhergehenden Augenblicke.

Ich keuchte noch einmal hoch in den Redaktionsraum, am Glaskasten vorbei, in dem Haqvin in seiner ganzen Unnahbarkeit mit Kopfhörer saß. Seine Pflaumenaugen starrten ins Leere.

Benke war über eine neue Wendung beim Thema Fahrradweg in lyrische Ekstase geraten. Offensichtlich war jemand an einer gefährlichen Kreuzung angefahren worden, die an der geplanten Strecke lag. Er rief die Mitglieder des Verkehrsausschusses an, einen nach dem anderen. Dem Gezeter nach zu urteilen, das aus seinem Telefonhörer ertönte, hatten diese jedoch wenig Lust, die Frage vor dem Frühstück zu erörtern.

Auch ich hatte noch keine Zeit zum Frühstücken gefunden. Als die Agenturmeldungen auf meinem Bildschirm von halluzinierten Schokodonuts überdeckt wurden, wußte ich, daß es Zeit war. Ich hatte genug Material für die Acht-Uhr-Sendung beisammen, und auch die Verkehrslage und das Wetter waren fertig. Im übrigen hatte Benke sicher vor, sich die halbe Sendezeit lang über den Fahrradweg auszubreiten. Er hatte in dieser Angelegenheit so viele Betroffene interviewt, daß das Ganze mehr und mehr zu einer halbdokumentarischen Seifenoper ausartete.

Ich ging die Treppe runter und zog meine dicke Daunenjacke über. MaMa stand in der Tür von Studio Zwei und sprach mit Richard. Sie klang ungewöhnlich fröhlich und fragte lachend:

»Was soll ich einkaufen, Schatz? Willst du was Warmes?«

Richards tiefer Bariton klang ebenfalls aufgeräumt. Er rief aus dem Studio:

»Ich verlaß mich ganz auf dich, Liebste! Du weißt doch, wie ich es mag!«

Irgendwie klang das zweideutig. Ich hatte außerdem den Eindruck, daß MaMa errötete, aber mehr noch erinnere ich mich an eine leichte Bewegung auf der gegenüberliegenden Seite des Raums, wo Carina hinter ihrem Tresen saß. Sie hatte offensichtlich zugehört, und ihr Blick bohrte sich in MaMas Rücken. Ich erinnere mich, daß mich der Gedanke streifte, Carina habe sich wohl vertan, wenn sie glaubte, Richard gewonnen zu haben. Das Geturtel von MaMa und Papa war unüberhörbar:

»Wonach ist dir denn?« wollte sie weiter wissen.

»Rate mal!« Er lachte. »Und dann noch was Süßes zum Nachtisch ...« Seine Stimme troff wie Sirup über die Schwelle des Studios. Carina schnappte nach Luft wie ein Fisch auf dem Trockenen.

MaMa warf ihm eine Kußhand zu und machte die Tür

zum Studio ordentlich hinter sich zu. Mit einem verträumten Lächeln ging sie auf die Garderobe zu. Ich glaube nicht, daß sie überhaupt bemerkte, wie Carina sie anstarrte. Der war das Kinn bis auf die Höhe ihres Push-up-BHs runtergefallen.

Die überregionalen Nachrichten, die aus dem Radio auf Carinas Tresen in voller Lautstärke durch den Raum schallten, waren gerade zu Ende. Richard hatte die rote Lampe angemacht und war auf Sendung. Die Erkennungsmelodie von »Frisch aufgebrüht« war zu hören (süßliche Streichquartettklänge und im Hintergrund das Geräusch einer Kaffeemaschine). Dann erklang die zuckersüße Stimme von neuem, nun auch übers Radio in der Eingangshalle und in den Häusern und Autos von rund 70 000 Hörern:

»... jetzt sind wir also wieder beisammen, meine lieben Freunde, um uns gegenseitig durch diesen eiskalten Morgen zu helfen ... mit den neuesten Infos, mit heißen Salsarhythmen und mit einer großen Tasse Kaffee, *frisch aufgebrüht ...*«

Er legte eine Salsaplatte auf, und untergehakt tanzten MaMa und ich aus dem Gebäude, um ein riesiges Frühstück bei Statoil zu erstehen. Auf MaMas Wangen leuchteten immer noch rote Flecken, ihre Augen glänzten, sie schien fast high zu sein. Ich freute mich für sie, dieser Scheißkerl hatte ihr schon genug zugemutet. War womöglich eine Veränderung in Sicht? sinnierte ich vor mich hin. Daran erinnere ich mich ganz deutlich.

Es kommt mir vor, als liege all dies schon Wochen zurück. In Hinblick darauf, was anschließend geschah. Warum bin ich bloß so weitschweifig, wenn ich erzähle, was kurz zuvor passiert ist?

Jonas, meines Herzens Trost, ich glaube, es liegt daran, daß es unerträglich ist, sich daran zu erinnern, was sich unseren Augen darbot, als MaMa und ich nach unserem Einkauf ins Funkhaus zurückkamen. Ich kann darüber noch nicht schreiben.

Und jetzt ist Frau Grimmig schon wieder da und will noch mal mit mir sprechen. Ich versuche Dich später anzurufen!

/senden/

Im Glasverschlag III

Es war wie ein Nebel, ein dichter, giftiger Dunst, der mir bereits im Eingangsbereich entgegenschlug, als ich kurz nach sieben zur Arbeit kam.

Mir war nicht klar, was es war.

Ich hatte das Gefühl, als glitten meine Kollegen in Zeitlupe an mir vorbei, wie Fische in einem Aquarium. Ihre Münder bewegten sich, aber ich hörte nicht, was sie sagten. Mein Kopf war von einem Ton erfüllt, einem Kreischen, dem Krachen eines umstürzenden Baums, einem Steinbrecher, der meine Vernunft zu Staub verwandelte. Ohne mir den Mantel auszuziehen, eilte ich in mein Zimmer, setzte mich und stülpte den Kopfhörer über. Mit zitternden Händen legte ich die einzige Platte auf, die mich in solchen Fällen beruhigt: Glucks »Reigen seliger Geister«.

Sachte erstarben die Töne, aber statt dessen kamen ihre Gedanken in kleinen Grüppchen vorbeigeflattert. Darunter lag die Unruhe, die große Finsternis, die ich nicht durchdringen konnte.

... Ich schaffe es, ich schaffe es ... Ich hasse ihn, hasse hasse hasse ... Gott steh mir bei ...

Und dann jemand anders, ganz nah, ich glaube, es war Malla, die im Zeitungsregal vor der P4-Redaktion herumwühlte:

... Das muß ich wohl früher oder später erzählen ... Nie-

mand wird mir glauben ... Was zum Teufel soll ich sagen? Daß ich es einfach vergessen habe vielleicht? ... Dann halten mich alle für eine Idiotin, allerdings eine harmlose ...

Irgendwo von unten kam ein anderer Ton, ein zufriedener Seufzer:

... Erstmal hauen wir irgendwohin ab, wo es warm ist und wir uns etwas ausruhen können, während sich hier die Wellen glätten ... Ich nehme den rosa Hosenanzug mit ... Hm ... Ich werde dir helfen, zu vergessen ...

Und dann ein Chor seltsamer, verbitterter Gedanken, die sich ineinander verknoteten:

... Er wird mich sitzenlassen, und ich kann nichts dagegen tun, er hat sich vollkommen abgesichert ...

... Wie verdammt zufrieden sie aussieht, warte nur, ich werde dir dieses Grinsen schon noch austreiben ...

... Was tue ich hier eigentlich, es ist doch vollkommen sinnlos, dann kommt es eben so, wie er will ...

... Ich will, aber ich traue mich nicht, o Gott, ich will, aber ich traue mich nicht ...

Fast zwanzig Minuten lang saß ich so da und versuchte, meine Seele durch Musik zu reinigen, meine Gedanken in den Griff zu bekommen und mich auf die Aufgaben des Tages zu konzentrieren. Aber es war mir unmöglich zu arbeiten. Nicht einmal Gluck konnte mir helfen. Was war nur los?

Ich stand auf, verließ mein Zimmer und ging die Treppe hinunter ins Erdgeschoß, um zumindest den Mantel auszuziehen. Vor der Garderobe blieb ich stehen und sah mich mit einer Art Jamais-vu-Gefühl um: Wo bin ich eigentlich, bin ich hier überhaupt schon mal gewesen?

Aus dem Keller waren Schritte zu hören, und Nils tauchte mit einer großen Plastiktüte auf der Treppe auf. Seine Jacke war naß und von schmelzendem Schnee bedeckt. Am Mundwinkel hatte er einen dunkelroten Fleck. Er zuckte zusammen, als er mich sah. Ich spürte die Aura nervöser Unruhe, die ihn umgab. Er versuchte die Tüte hinter dem Rücken zu verstecken. Der Ärmste! Offensichtlich war er durch die Kellertür gekommen. Die benutzen wir im Winter selten, denn dort wird nie geräumt.

Hinter der Schranke am Eingang stand Carina und lächelte: »Aber Nisse!« rief sie kokett. »Sag doch Kristin, sie soll einen anderen Lippenstift verwenden! Diese Farbe war letztes Jahr in Mode! Und den Guten-Morgen-Kuß solltest du dir lieber abwischen, ehe du zur Arbeit gehst!« Nils lächelte nicht einmal, er verdrückte sich in die Toilette, und ich hörte Wasser plätschern.

David saß an seinem Platz hinter Carina und starrte sie unverwandt an. Ich hatte ihn noch nie mit so unglücklicher Miene gesehen. Er war unrasiert, und seine Kleider sahen aus, als hätte er in ihnen geschlafen. Plötzlich sprang er auf, murmelte, er müsse im Keller was umschalten, um die Übertragung von Samuel und Tomas empfangen zu können. Er verschwand die Kellertreppe hinunter. Aber ich glaube nicht, daß Carina ihn hörte. Sie richtete den Blick ihrer blauen Augen auf die Deckenbeleuchtung.

... Er kann jetzt keinen Rückzieher machen ... Wir wollten doch ... auf die Malediven ...

Ich verspürte plötzlich den Impuls, David in den Keller zu folgen. Die Antwort auf eine Frage, von der ich nicht recht wußte, wie ich sie formulieren sollte, befand sich dort unten. Irgend etwas zog mich in Richtung Kellertreppe, drängte mich, den Kopf zu senken und dort unten herumzuschnüffeln wie ein Polizeihund.

Gleichzeitig empfand ich, daß dieses schwarze Unbehagen, diese mahlenden, knirschenden Geräusche spürbar abgeklungen waren. Vielleicht war ich ja jetzt wieder empfänglich für meine Musik?

Langsam kehrte ich in mein Zimmer zurück und ging es sachte an. Jazz, Klavier mit Bill Evans vielleicht, wie Kreise auf der Wasseroberfläche eines einsamen Teiches, Renaissancemusik, Flöte und Laute – ich konzentrierte alle meine Sinne darauf und fand allmählich meine Ruhe wieder. Es kommt mir vor wie eine Ironie des Schicksals, daß meine Unruhe sich gerade in dem Moment verflüchtigte, als irgend jemand Richard mit einer Axt erschlug, ein vollkommen unfaßbarer Akt. Noch unglaublicher ist, daß die Tat in mir überhaupt kein Echo auslöste, nicht mal die leiseste Unruhe. Oder doch, direkt danach spürte ich, wie die Scharen von Menschen, die die Sendung gehört hatten, zu summen begannen wie Bienen in einem Bienenstock, aber während des eigentlichen Augenblicks – nichts.

Dann stürzten in meinem mühsam erkämpften Vakuum die Gefühle auf mich ein, die Gefühle all derer, die Richard gehaßt oder geliebt hatten. Alle auf einmal. Das wurde zuviel. Zum ersten Mal, seit ich in der Kindheit meine Gabe entdeckt hatte, fiel ich in Ohnmacht.

»Sendeloch! So tut doch was!«

An: <jonas.mansson@norrlands.folkblad.se>
Von: <malla.vilhelm@radionordost.sr.se>

Jonas, mein Jonas, wo bist Du? Warum lädst Du den Akku Deines Handys nie auf? Ich habe die Ansage so satt: »Jonas Månsson ist gerade anderweitig beschäftigt, vermutlich sitzt er in einer Redaktionskonferenz oder führt ein Interview mit einem Minister. Rufen Sie später wieder an oder sprechen Sie aufs Band.« Soweit ich weiß, hörst Du Deine Mailbox nie ab. Und gerade heute wäre es mir so wichtig gewesen, Deine Stimme zu hören. Dir zu schreiben reicht irgendwie nicht.

Noch nie habe ich etwas so Erschütterndes mit angesehen wie den Augenblick, als sich MaMa darüber klar wurde, daß ihr Mann ermordet worden war. Wir standen vor dem Brotregal der Statoil-Tankstelle und überlegten uns, welche der beiden pappigen Brotsorten wir nehmen sollten, als das Radio plötzlich verstummte. Niemand im Statoil-Shop reagierte, nicht einmal ich, nur MaMa. Mit dem Brot in der Hand blieb sie wie gelähmt stehen und lauschte. Dann hielt ich ebenfalls inne und spitzte die Ohren.

MaMa muß blitzschnell reagiert haben. Wir hörten nur sein unendlich verblüfftes »Was zum Teufel«, wir hörten das widerwärtige Geräusch, als die Axt seinen Schädel spaltete, das Stöhnen, als er auf das Mikro fiel, und den Lärm, als er beim Sturz auf den Boden den Stuhl mitriß. MaMa stieß einen leisen, klagenden Laut aus, wie ein verängstigter Hundewelpe, ließ den Einkaufskorb zu Boden fallen und stürzte zur Tür. Ich lief hinter ihr her, während der Statoil-Mann rief: »Was fällt Ihnen ein ...« Wir rannten den ganzen Weg zum Funkhaus zurück. Das kann nur ein paar Minuten gedauert haben.

Benke war gerade leichenblaß aus dem Studio 2 gekommen und machte sich an den Tasten des Telefons zu schaffen. Carina stand reglos wie eine Schaufensterpuppe mitten in der Eingangshalle. Nur ihre Augen bewegten sich. Sie wurden schmaler, als MaMa an ihr vorbeilief.

David kam mit großen Schritten aus dem Keller. »Was ist los?« rief er. »Wieso habt ihr die Sendung unterbrochen? Wir haben ein Sendeloch! So tut doch was, verdammt noch mal!«

Mit ruckartigen Bewegungen ging Nisse-Boß auf ihn zu und legte ihm die Hände auf die Schultern, er hatte wohl den etwas wirren Gedanken, daß er die Zügel ergreifen müßte.

»Ganz ruhig, David!« sagte er. »Es ist ein Unglück passiert. Mit Richard!«

Dann ging er auf Carina zu, legte auch ihr die Hände auf die Schultern und versuchte sie ebenfalls zu beruhigen. Sie schüttelte ihn ab wie eine Fliege, und er schwankte aufs Sofa zu und begrub sein Gesicht in den Händen.

Aus Richards Studio ertönte ein Schrei, ein gedehnter, klagender Schrei wie der eines Vogels, der über einen öden Fjord dahinsegelt. MaMa hatte sich über Richard geworfen, der ausgestreckt auf dem Boden lag. Sie weinte, brabbelte unzusammenhängend, lachte und redete wie im Delirium. Ihr Gesicht und ihre Hände waren blutbefleckt.

Erst glaubte ich, er habe sie irgendwie verletzt, dann sah ich die Axt, die neben den beiden auf dem Fußboden lag, und begriff plötzlich, was geschehen war. Hätte ich bereits ein Frühstück zu mir genommen, wäre mir in diesem Augenblick alles hochgekommen. Statt dessen steckte ich mir den Daumen in den Mund wie ein kleines Mädchen und sah hilfesuchend zu Nisse-Boß hinüber. Ich kam mir absurd schuldig vor. Wen hatte ich in der Nacht nur hereingelassen? Irgendein Verrückter trieb hier sein Unwesen.

Dave, der wie gelähmt dagestanden und sich an seinen Bartstoppeln gekratzt hatte, reagierte plötzlich, marschierte ins Studio und beendete die Sendung. Dann versuchte er einen Arm um seine stocksteife Schaufensterpuppe zu legen, aber die blickte ihn nur an, als sei er ein Fremder.

»Warst du das?« fragte sie.

»Ja«, sagte Dave. »Einer mußte das schließlich tun!«

»Du Schwein!« schrie sie. »Hast du vielleicht geglaubt, daß ich zu dir zurückkomme?«

Fassungslos starrte Dave sie an. Langsam dämmerte ihm einiges.

»Nein, nein! Ich meine, ich habe die Sendung beendet, irgend jemand mußte das schließlich tun. Wir können doch nicht senden, so wie das hier im Moment aussieht ... Sollte nicht jemand eine Platte auflegen ...? Was zum Teufel meinst du eigentlich? Zu mir zurückkommen?«

Sie ließ ihn einfach stehen und ging auf die Studiotür zu. Hinter uns hörten wir Benkes unzusammenhängendes Gerede am Telefon: »Ja, einen Krankenwagen. Sveriges Radio Nordost, *jetzt sofort*! Er ist vielleicht tot ... ich weiß nicht, ob er tot ist, aber jedenfalls geht es ihm nicht gut! Ja, verdammt, jemand hat ihm eins mit der Axt übergezogen, ich weiß nicht, ja, ich habe die Polizei verständigt!«

Carina stellte sich an die Tür zum Sendestudio und

glotzte MaMa an, die immer noch jammerte und zwischendurch hysterisch schluchzte:

»Ach, mein Schatz, das wird schon wieder, habe ich dir nicht gesagt, du sollst vorsichtig sein? Du hättest das nicht tun sollen. Gleich ist der Doktor da, ach Liebling, wie konntest du nur?«

Es klang, als würde sie ihm vorwerfen, sich das Leben genommen zu haben.

Carina begann zu knurren. Ja, sie knurrte wie ein Tier, von ganz unten in der Kehle stieg es vibrierend auf, bis sie, so laut sie konnte, schrie:

»Laß ihn los, weg da! Er gehörte nicht dir, du dumme Kuh, er gehörte mir! Und das konntest du natürlich nicht ertragen!«

MaMa drehte sich langsam um, Richards übel zugerichteten Kopf an die Brust gedrückt. Es sah fürchterlich aus, wie eine Szene aus dem Fernsehen, die man sofort wegzappt. Ihr blaues T-Shirt mit der weißen Aufschrift »Radio Nordost« war vollkommen blutbesudelt. Stumm sah sie Carina an.

»Wir wollten zusammen wegfahren!« schrie Carina. »Mich hat er geliebt! Nicht dich, nicht so eine uralte Vogelscheuche! Was weißt du schon von der Liebe? Du wolltest ihn doch nur, um an ihm herumzutätscheln, als zahmen Ehemann und weil du keine Kinder bekommen kannst! Ich weiß genau Bescheid, er hat mir alles erzählt! Und er hatte dich satt, vollkommen satt, verstehst du? Er nannte mich sein Jugend-Exi... Exilier! Spiel jetzt bloß nicht die trauernde Witwe!«

Warum hat ihr keiner von uns eine gelangt und sie rausgeschafft? Wir standen stocksteif da, und unsere Blicke gingen hin und her. Plötzlich griff jemand ein.

Haqvin Storfjell war die Treppe vom Obergeschoß heruntergekommen. Er ging, nein er schritt geradewegs auf

Carina zu, packte sie wie ein Schraubstock am Ellbogen, schob sie ganz einfach weg und führte sie zu ihrem Platz am Empfang zurück.

»Sitz!« sagte er. »Und verhalt dich mucksmäuschenstill!« Es war mir bisher nie aufgefallen, was für eine tiefe Stimme er hat.

Carina nahm nicht nur Platz, sondern sank förmlich über der Telefonzentrale zusammen, worauf ein Piepsen und Surren anhob und sämtliche Lämpchen nervös blinkten.

Plötzlich zuckte Dave zusammen, faßte sich an die Hörmuschel am Ohr und starrte uns an.

»Es sind Sam und Tom!« sagte er. »Sie wollen wissen, ob sie jetzt mit ihrem Bericht über die Schwulen auf dem Hundeschlitten loslegen sollen. Was soll ich sagen?«

Nisse-Boß hielt in seiner Schaukelbewegung inne.

»Sag ihnen, daß es gerade nicht paßt!« meinte er gereizt, als habe man ihm einen unanständigen Vorschlag unterbreitet. Es klang, als wolle er sagen: »Schwule sind jetzt nicht gefragt, wir haben es hier mit einem Mord zu tun!«

Auch er stand unter Schock wie wir alle.

In diesem Augenblick hielten drei Streifenwagen mit Blaulicht vor der Tür. Auf einmal war der Eingangsbereich voller Polizisten. Nach ein paar Minuten hatten sie das Kommando übernommen, und Nisse-Boß schien äußerst erleichtert zu sein, nicht mehr die Verantwortung tragen zu müssen. Die Polizisten sorgten dafür, daß keiner der Anwesenden das Gebäude verließ, dann begannen sie es systematisch vom Keller bis ins Obergeschoß zu durchkämmen und holten uns einen nach dem anderen zum Verhör. Immer mehr Beamte strömten hinzu, die alles vermaßen, fotografierten und nach Fingerabdrücken absuchten. Mitten ins Durcheinander kam ein Krankenwagen, um Richard abzuholen. Da die Polizisten mit den Fotos der Leiche noch nicht fertig waren, schafften die Sanitäter statt dessen MaMa ins

Krankenhaus. Sie mußten ihre Finger gewaltsam von Richards Händen lösen, die sie auf seiner Brust gefaltet hatte. Außerdem hatte sie ihm die Augen geschlossen. Ihr unverständliches Gebrabbel hatte sich in ein dumpfes, unablässiges Jammern verwandelt. Brav folgte sie den Sanitätern.

Dave unternahm immer wieder den Versuch, mit Carina zu reden, aber sie schlug nur nach ihm. Schließlich begann er wie ein eifriger Welpe der Polizei zur Hand zu gehen, er rannte herum und apportierte Gegenstände, von denen er annahm, daß sie sie vielleicht gebrauchen könnten: die Liste der Platten, die Richard in seiner Sendung hätte spielen sollen, und die lange Reportage über den Holzschnitzer. Zum Schluß kam ihm die glänzende Idee, ihnen das Referenzband der Frühsendungen zu geben.

Eine Beamtin, die sich im Stakkato als »Munter! Ulla-Britt! Kriminalinspektorin!« vorstellte, nahm Dave und mich – schließlich war ich nachweislich während der Tat nicht zugegen gewesen – in ein Studio mit, um das Band mit unserer Hilfe abzuhören. Wir spielten es bis zu der Stelle, als Richard plötzlich verstummte:

»... an einem Morgen wie diesem muß man den Überblick behalten ... bitte halten Sie das Starthilfekabel bereit, es ist saukalt draußen ... und dann die langen Unterhosen nicht vergessen ... aber ... (leises Rumpeln, Pause) ... Was zum Teufel ... (TWONK! unbeschreibliches Geräusch wie das einer Axt auf einem nassen Hauklotz) ... uuuaaaahhhh ... (Stöhnen und leises Röcheln).« Dann ein durchdringendes Krachen, so laut, daß wir zusammenzuckten.

»Mikrofonpoltern!« sagte David lakonisch. »Er muß auf das Mikro gestürzt sein.«

Danach hört man Richard fallen: ein sachtes Poltern und einen leisen Aufprall. Ein Klicken, als er gegen den

Mikrofontisch schlägt. Dann leises Knacken, Brausen und Knistern und schließlich eine mehrere Minuten andauernde Stille auf dem Band. Dann hört man, wie die Tür aufgerissen wird. Sie ist schallisoliert und öffnet sich lautlos, aber das gesamte Klangbild im Raum verändert sich. Im Hintergrund ist ein leises Rauschen von draußen aus dem Eingangsbereich zu vernehmen. Ganz schwach hört man, wie jemand an der Tür nach Luft schnappt. Dann Benkes »Verdammt ...« Anschließend Schritte und von draußen ein undeutliches Gemurmel erregter Stimmen. Ich glaubte Benkes Stimme auszumachen: »Die haben ihn erschlagen!«

Nach wenigen Minuten wiederum rasche Schritte. Diesmal müssen sie von MaMa stammen. Plötzlich ein entsetztes Geheul und MaMas unzusammenhängendes Gebrabbel wie aus einer Konservendose. Das geht ziemlich lange so, dann ein erneutes Klicken und Stille.

»Da habe ich die Sendung unterbrochen!« sagte Dave. »Das Referenzband ist bis eben weitergelaufen, aber sonst ist da nichts mehr drauf.«

»Ist Ihnen an der Aufnahme etwas aufgefallen?« fragte Kriminalinspektorin! Munter! Ulla-Britt! »Etwas, womit Sie nicht gerechnet hätten oder was Sie nicht gehört haben, obwohl man es hätte hören müssen?«

Dave und ich sahen uns an.

»Nööö ...«, meinte Dave. »Oder doch, da war so ein Klicken und Brausen, als MaMa reinkam. Vermutlich ist sie ebenfalls ans Mikro gestoßen. Haben Sie die Leiche eigentlich schon gesehen?«

Wir nickten beide. Es kam mir vor, als sei sogar Frau Munter erblaßt. Leute, die in halbmondförmigen Lachen von Hirnsubstanz liegen, sind in dieser kleinen Stadt wohl eher die Ausnahme.

»Die Polizei wird das Band später im Labor genauer

analysieren!« meinte Frau Munter, und ich fand, daß sie sich verdammt wichtig nahm.

Ich habe immer noch das Gefühl, mitten in einem Film zu ein. Jetzt kommt gleich der Nachspann, und dann heißt es »back to normal« ... Oder?

/senden/

Achtung! Nicht zur Veröffentlichung freigegeben!

Zusammenstellung von Zeitangaben, Grundlage für die Pressekonferenz der Polizei am Montag, 6. Februar, 15 Uhr. Skizze der Räumlichkeiten von Radio Nordost. (Achtung! Nicht zur Veröffentlichung freigegeben.)

Ca. 5.55 Uhr. Die Praktikantin Malla Vilhelmsson trifft bei Radio Nordost ein. Die Eingangstür ist abgeschlossen, der Alarm aktiviert (wahrscheinlich am Vorabend vom Nachtwächter). Sie glaubt in Abständen Motorengeräusche aus dem Keller zu hören. Um 6.01 Uhr (registriert) loggt sie sich in ihren Computer an ihrem Arbeitsplatz im Obergeschoß ein und beginnt an den Meldungen für die Kurznachrichten um 7 Uhr zu arbeiten. Bis kurz nach sieben sieht oder hört sie niemanden im Obergeschoß.

Ca. 6.20 Uhr. Maria und Richard Malmström treffen bei Radio Nordost ein. Richard setzt sich ins Studio 2, um vor der Morgensendung die Liste mit den Platten durchzugehen. Maria nimmt unterdessen an ihrem Schreibtisch im Erdgeschoß Platz. Sie loggt sich um 6.30 Uhr ein. Von ihrem Schreibtisch hinter dem Empfangstisch überblickt sie die beiden Zugänge ins Funkhaus: den Haupteingang und den Kelleraufgang. Sie sagt aus, daß das Gebäude bis nach der Sieben-Uhr-Sendung von niemandem betreten wurde.

6.57 Uhr. Malla Vilhelmsson nimmt im Studio 1 Platz und verliest um 7 Uhr die ersten Lokalnachrichten des Tages.

7.05 Uhr. Nachrichtenchef Bengt Hedning, Telefonistin Carina Sällström und Tontechniker David Mård treffen fast gleichzeitig ein. Der Erstgenannte kommt in seinem Auto, das er im Hof parkt. Er hört den Schluß der Nachrichten im Autoradio.

Die beiden anderen – die im übrigen in einer gemeinsamen Wohnung in der Nähe des Funkhauses leben – kommen zu Fuß.

Von diesem Zeitpunkt an haben also mindestens drei Personen die beiden möglichen Zugänge zur Eingangshalle (den Haupteingang und die Kellertreppe) unter Aufsicht.

7.07 Uhr. Malla V. vereinbart mit Maria M., nach der nächsten Nachrichtensendung einkaufen zu gehen, dann kehrt sie in Gesellschaft von Nachrichtenchef Hedning ins Obergeschoß zurück. Maria M. legt in der Senderegie ein halbstündiges Interviewband ein und bleibt dort, um zu arbeiten. Durch das Fenster zum Studio 2 sieht sie ihren Mann Richard Malmström, das spätere Mordopfer, erst mit dem Handy telefonieren und dann am Mischpult fleißig Notizen machen. Sie findet, daß er niedergeschlagen aussieht, aber als sie ihn über die Wechselsprechanlage anspricht, schüttelt er nur den Kopf und macht eine abwehrende Handbewegung. Das erstaunt sie, weil er bisher an diesem Morgen gute Laune hatte.

(Im Studio 2 wurden keine Papiere mit Notizen von Richard Malmström aufgefunden. Hat der Mörder sie mitgenommen?)

7.10 Uhr. Musikredakteur Haqvin Storfjell betritt die Eingangshalle und geht auf direktem Weg in sein Zimmer im Obergeschoß.

7.15 Uhr. Malla Vilhelmsson geht von der Redaktion im Obergeschoß ins Nachrichtenstudio und führt ein kurzes Telefoninterview über den Kälterekord im Binnenland. Anschließend kehrt sie an ihren Arbeitsplatz im Obergeschoß zurück und beendet ihre Vorarbeiten für die Acht-Uhr-Sendung. Bengt Hedning befindet sich im selben Raum und telefoniert mit mehreren Politikern.

7.30 Uhr. Das Interviewband mit dem Kunsthandwerker ist zu Ende. Von 7.30 bis 7.35 Uhr blendet Maria Malmström die überregionalen Nachrichten ein. Während der Nachrichtensendung kommt Malla Vilhelmsson aus dem Obergeschoß, um mit Maria Malmström einkaufen zu gehen. David Mård verläßt seinen Platz hinter dem Empfangstresen und geht in den Keller, um ankommende Leitungen zu schalten.

Ca. 7.31 Uhr. Redakteur Storfjell hat laut eigenen Angaben Kopfschmerzen. Er geht in die Eingangshalle, stellt sich neben die Garderobe und erwägt, sich eine Weile ins Freie zu begeben. Dann überlegt er es sich anders und kehrt in sein Zimmer im Obergeschoß zurück.

Senderchef Nils Boström erscheint bei der Arbeit. Er benutzt den Kellereingang. Seine Erklärung für diesen ungewöhnlichen Weg ins Gebäude lautet, er habe wissen wollen, ob was Besonderes los sei: »Schließlich war der Weg zur Kellertür geräumt. Das ist ungewöhnlich!« Er hängt seinen Mantel auf und benutzt dann die Toilette im Untergeschoß.

7.31–7.33 Uhr. Maria Malmström wechselt ein paar Worte mit ihrem Ehemann Richard Malmström. Er bittet sie, ihm etwas Gutes zum Frühstück mitzubringen. Diese Unterhaltung hören 4 Personen: Malla Vilhelmsson, Carina Sällström, Haqvin Storfjell und Nils Boström. Vilhelmsson hat den Eindruck, daß beide guter Laune seien. Sie flirten regelrecht miteinander. Sällström hingegen meint, Richard Malmström habe seine Frau verhöhnt und verspottet. Storfjell und Boström hörten das Gespräch zwar, sagen aber, sie seien in Gedanken woanders gewesen und hätten nicht genau hingehört.

7.35 Uhr. Richard Malmströms Sendung »Frisch aufgebrüht« beginnt. Maria Malmström und Malla Vilhelmsson verlassen das Funkhaus.

7.37 Uhr. Nachrichtenchef Bengt Hedning kommt eilig aus dem Obergeschoß und betritt das Studio 1. Von dort führt er ein kurzes Interview mit dem Vorsitzenden des Radlerbunds. Der Interviewte gibt den Zeitpunkt mit »etwa zwanzig vor acht« an.

Ca. 7.42 Uhr. Bengt Hedning kommt aus dem Studio 1 und geht zum Empfangstresen, um dort Mitteilungen entgegenzunehmen. Die Sendung »Frisch aufgebrüht« läuft jetzt seit sieben Minuten.

7.44 Uhr. Richard Malmström wird ermordet. Der Zeitpunkt läßt sich mit Hilfe des Referenzbandes exakt feststellen.

Im Empfangsbereich hält sich Carina Sällström auf. Ihre Aufmerksamkeit richtet sich zwar nicht direkt auf die Tür von Studio 2, sie meint aber, daß sie sofort gemerkt hätte, wenn dort jemand hinein- oder herausgegangen wäre. Im Sofa an der Treppe liest Nils Boström eine Tageszeitung. Carina Sällström hat ihn im Blick. Er bestätigt ihre Aussage. Bengt Hedning steht gegenüber vom Empfangstresen mit dem Rücken zur Studiotür, kann aber trotzdem die Angaben der anderen bestätigen.

Als Richard Malmströms Stimme im Radio verstummt,

reagieren die drei nicht sofort, da ihr Augenmerk auf anderes gerichtet ist: Carina Sällström beantwortet einen Anruf, Nils Boström liest, Bengt Hedning telefoniert mit dem Handy und überfliegt gleichzeitig einen Zeitungsartikel. David Mård hält sich immer noch im Keller auf. Haqvin Storfjell gibt an, sich in seinem Arbeitsraum im Obergeschoß befunden zu haben. Malla Vilhelmsson und Maria Malmström hören die Sendung in der Statoil-Tankstelle.

Ca. 7.46 Uhr. Bengt Hedning reagiert auf die plötzliche Stille. Er geht in die Senderegie zwischen den Studios, um durch das Fenster nachzusehen, was in Studio 2 los ist. Er sieht niemanden am Tisch, erkennt jedoch undeutlich eine Gestalt auf dem Fußboden. Hedning rennt durch die Empfangshalle ins Studio 2. Er sieht sofort, daß Richard Malmström überfallen worden ist und nicht mehr lebt. Die Axt liegt neben ihm. Hedning geht zurück zum Empfangstresen, um den Krankenwagen und die Polizei zu alarmieren.

7.48 Uhr. David Mård kommt aus dem Keller hoch.

7.50 Uhr. Maria Malmström kehrt in Begleitung von Malla Vilhelmsson ins Funkhaus zurück. Sie läuft ins Studio 2 und bricht neben der Leiche ihres Gatten zusammen.

8.10 Uhr. Die Polizei trifft ein.

8.12 Uhr. Der Krankenwagen trifft ein.

Ca. 8.15 Uhr. Die Polizei findet Haqvin Storfjell bewußtlos auf dem Fußboden seines Arbeitsraums. Er gibt an, einen seiner »Anfälle« erlitten zu haben, redet unzusammenhängend und scheint nicht überrascht, als er vom Vorfall unterrichtet wird.

8.17 Uhr. Die Polizei findet den Kulturredakteur Stig Sollén schlafend im sog. Ruhezimmer vor der Sauna. Er gibt an, dort seit Sonntagabend geschlafen zu haben, und sagt aus, daß er keine Ahnung habe, was vorgefallen sei.

Achtung! Folgende Personen werden gebeten, sich bei der Polizei zu melden:
– Zeugen, die vor den Räumlichkeiten von Radio Nordost während der letzten 24 Stunden Beobachtungen gemacht haben, insbesondere zum Zeitpunkt des Mordes um 7.44 Uhr – aber auch im und vor dem Funkhaus am Sonntagabend, als jemand laut Wachgesellschaft die Eingangstür offenstehen ließ.
– Die Person/Personen, mit der/denen Richard Malmström kurz nach sieben mit seinem Handy telefonierte.
– Andere Zeugen, die Beobachtungen gemacht haben, die im Zusammenhang mit dem Mord stehen könnten.

Kriminsp. U. Munter

Blutspuren, Bier und knochenlose Geisterwesen

An: <jonas.mansson@norrlands.folkblad.se>
Von: <malla.vilhelm@radionordost.sr.se>

Jonas, mein liebster Zeilenschinder! Du verpackst es zwar geschickt, aber ich höre genau heraus, daß Du um weitere Details bettelst, als bisher von der Polizei veröffentlicht wurden. Dabei klingt es ehrlich, wenn Du sagst, daß ich mich nicht unter Druck gesetzt fühlen soll. »Das Wichtigste ist, daß es Dir gut geht!« hast du gesagt. (Ich hätte das selbst nicht besser formulieren können!)

Ich weiß, daß Du den Kriminaljournalismus anpeilst, aber ich kann Dir gleich sagen, daß Du es nie in die Redaktion einer Abendzeitung schaffst, wenn Du wie ein Grünschnabel Rücksicht nimmst! Du wirst Dich höchstens über Fahrraddiebstähle auslassen dürfen. Oder bist Du wirklich so gewitzt und hast erkannt, daß gerade diese demütige Pose mich dazu bringt, mehr zu erzählen? Ich glaube an den Grünschnabel in Dir, Jonas, und deswegen faxe ich Dir eine Liste, die die Polizei bei ihrer Vorbereitung auf die Pressekonferenz heute nachmittag verwendet hat – ich habe sie zufällig auf unserem Kopierer gefunden. Sie sind immer noch hier im Funkhaus. Nicht alle Details sind bekanntgegeben worden. Vielleicht ermöglicht Dir die Aufstellung einen kleinen Vorsprung vor der übrigen Journalistenmeute. Ich weiß nicht, ob Madame die Chronologie selbst aufgestellt hat oder ob einer ihrer Gehilfen sich dieses knappen Stils befleißigt, der irgendwo zwischen Unteroffizier und Klassensprecher liegt. Vermutlich war sie es selbst.

Wie Du siehst, ist es im Grunde ein unmöglicher Mord. Er ist nicht durchführbar, wenn nicht sämtliche Beteiligten unter einer Decke stecken. Selbst wenn es theoretisch einen Moment gegeben haben könnte, in dem *niemand* Richtung Studiotür gesehen und nicht einmal aus den Augenwinkeln eine Bewegung wahrgenommen hat – wohin ist der Mörder dann verschwunden? Das Fenster war von innen verschlossen. Die Kellertreppe runter? Das hat sich die Polizei natürlich auch gleich gefragt, denn die Treppe liegt ganz in der Nähe und ist rasch zu erreichen. Aber dort stand Dave und machte sich an seinen Kabeln zu schaffen – dann müßte der Mörder also auch mit ihm unter einer Decke gesteckt haben ...

Hier unterbreche ich für eine sensationelle Mitteilung: Der Mörder scheint tatsächlich das Studio durch die Tür verlassen zu haben. Anschließend muß er die Toilette aufgesucht haben. Die Polizei hat nämlich auf dem ganzen Weg Blutspuren gefunden – auf dem Boden, auf der Schwelle zur Toilette, im Waschbecken und im Papierkorb! Sie ist der Auffassung, daß der Mörder eine Art von Schutzkleidung getragen haben muß, die er auf der Toilette abgelegt und dann in eine Tasche gestopft hat. Diese hat er dann im allgemeinen Durcheinander nach dem Mord, als alle hin und her rannten, einfach weggetragen.

Und jetzt Sensation Nummer zwei! Im Ruheraum unten im Keller haben die Polizeibeamten Stig Sollén entdeckt, der so verkatert war, daß man sich nicht mit ihm unterhalten konnte. Erst wurde er durch die Dusche gezogen, dann in den Pausenraum geschafft, mit starkem Kaffee vollgepumpt und schließlich im Verhörsessel fixiert. Hier folgt also seine

Geschichte (die ab und zu dadurch unterbrochen wurde, daß er nach draußen wankte, um sich zu übergeben) – ja, er hat es mir anschließend alles selbst erzählt. Und gnade Dir Gott, wenn du das ungebührlich ausnutzt!

Er behauptet, Sonntagabend bis gegen zehn im »Route 69« gesessen und einiges an Bier getrunken zu haben. Dann sei ihm beim Gedanken an die ganze unerledigte Arbeit immer mulmiger geworden. Ihm sei klargeworden, daß es für ihn langsam an der Zeit sei, das Leben in den Griff zu bekommen. Da sei er auf die Idee verfallen, direkt zur Arbeit zu gehen, im sogenannten »Freizeitraum« einen Saunagang einzulegen, im Ruheraum auf der Couch zu übernachten und sich am nächsten Morgen frisch wie eine Rose in die Arbeit zu stürzen und ein paar Interviews von einem Jazzfestival in Uleåborg in Finnland zu bearbeiten, das er im Juni des Vorjahres besucht hatte.

Kurz nach zehn habe er das Funkhaus betreten und sei nach unten gegangen, um die Sauna einzuheizen. (Die Männer von der Securitas hatten die Räumlichkeiten inzwischen verlassen.)

Da sei etwas Fürchterliches geschehen.

Er habe nämlich im Ruheraum neben der Sauna, der gleichzeitig als Umkleide dient, eine ganze Einkaufstüte mit Bierdosen gefunden! (Später hat sich herausgestellt, daß sie Benke Hedning und Dave gehörten, die sich an diesem Wochenende im Sender ein wichtiges Eishockeyspiel im Fernsehen hatten ansehen wollen – denn weder Carina noch Hednings Frau Britt sind vom häuslichen Biertrinken bei Eishockeyspielen sonderlich angetan ... Doch dann wurde nichts daraus: Dave war in einen Film mit Julia Roberts geschleift worden und Benke auf einen 50. Geburtstag.)

»Wer kann schon einer solchen Menge Bierdosen in einer saukalten Februarnacht widerstehen? Nach der Sauna, wenn einem das heiße Blut in Wallung geraten ist?« fragte

Stig und blickte Che und mich mit rotunterlaufenen Augen an. Er hat alle Dosen in sich hineingekippt und dazu in Ermangelung von Chips ein Paket Vanillewaffeln aus dem Pausenraum gegessen. Kein Wunder, daß sein Magen fast zwölf Stunden später immer noch vollkommen in Aufruhr war!

Dann verlor er natürlich im Ruheraum auf der alten und verschwitzten Couch, Modell Fünfzigerjahre, das Bewußtsein. Sie ist so fleckig, daß ich das anfangs für ein Muster des Bezugs gehalten habe. Auf ihr hat er die ganze Nacht geschlafen wie ein Seehund, dem man mit dem Holzhammer eins übergezogen hat. Neben sich einen Putzeimer für eventuelle Notfälle. Bis die Polizei hereinkam und ihn an den Haaren herauszerrte.

Doch er hat noch was erzählt, bei dem sich meine Nackenhaare sträubten.

»Ich ... ich schlief gegen Morgen recht unruhig. Ich glaube, ich kam ab und zu auf die Beine und unternahm jeweils den Versuch, einen Treffer in der Kloschüssel zu landen und Wasser zu trinken. Pfui Teufel, da läßt man sich so spät nachts ein zweites Mal vollaufen, und zwar mit *Wasser* – als müsse man das Zeug verdünnen, was man am Vorabend in sich reingekippt hat! Aber jedenfalls ... jedenfalls ... Wo war ich ...? Also, einmal, als ich wieder auf die Couch gesunken war, bildete ich mir ein, etwas zu sehen. Und zwar ging jemand auf dem Korridor vorbei, vor dem Ruheraum. Die Tür stand offen, und ich sah ihn. Das war kein Mensch!«

Mir wurde eiskalt. Was sollte das heißen, kein Mensch?

»Es war ein Gespenst«, sagte Stig mit einem Lächeln, das echt wirken sollte. »So ein flatterndes weißes Wesen, das vorbeischwebte. Ohne Gesicht. Und ohne Beine! Bitte, lacht nur! Die Broschüren von den Anonymen Alkoholikern könnt ihr euch sparen. Die habe ich bereits!«

Jonas, Du kannst Dir denken, wie ich mich fühlte.

»Stig, wann war das?«

»Wie soll ich das wissen? Es war dunkel draußen, aber dunkel ist es um diese Jahreszeit fast rund um die Uhr! Fängt so ein Delirium an? Das ist mir noch nie passiert!«

Er hat geweint wie ein Kind, als ich ihm erzählte, daß ich am Vorabend ebenfalls das Gespenst ohne Beine gesehen und panisch das Gebäude verlassen hatte. Zusammen, ja, Schulter an Schulter, gingen wir rein zu Frau Grimmig und legten ein Geständnis ab. Zwei Leute können nicht dasselbe halluzinieren. Es kann auch kein Zufall sein, wenn ein Gespenst im Zusammenhang mit einem vollkommen unerklärlichen Mord in Erscheinung tritt. Wir durchschauten einfach nicht die Hintergründe, aber das wäre auch zuviel verlangt gewesen.

Frau Grimmig saß immer noch im Büro von Nisse-Boß. Sie bot uns die Besuchersessel an, und wir durften ihr keuchend und abgehackt unsere Geschichte erzählen. Sie betrachtete uns eine Weile eingehend. Dann schien sie zum Schluß zu kommen, daß unsere Geschichte so verrückt klang, daß sie wahr sein mußte. Zu dieser Schlußfolgerung wäre ich zumindest gekommen. Denn warum sollte ich, Malla, eine der wenigen mit einem unerschütterlichen Alibi, warum sollte ausgerechnet ich zusammen mit Stig eine vollkommen unwahrscheinliche Geschichte über ein Gespenst aushecken?

Frau Grimmig dachte einen Moment lang nach. Im Zimmer wurde es vollkommen still. Zudem war es unerträglich heiß. Ich erinnere mich, daß ich den Thermostat am Morgen ordentlich hochgedreht hatte. Anscheinend hatte niemand daran gedacht, ihn wieder runterzudrehen. Stig wurde immer grüner im Gesicht und sah verzweifelt in Richtung Ausgang.

Da donnerte es auf einmal so heftig an der Tür, als hätte

jemand mit einem Baseballschläger dagegengehauen. Ehe Madame Grimmig noch Ja oder Nein rufen konnte, wurde die Tür schon aufgerissen. Che marschierte herein und baute sich kerzengerade vor Nisses Schreibtisch auf.

»Ich könnte es sehr gut gewesen sein!« sagte sie mit ihrer schönen Altstimme, die tatsächlich der von Richard recht ähnlich war. »Ich kann genausogut in dieses Gebäude gelangen wie die anderen. Und ebensowenig ins Studio, an den dreien vorbei, die davor hockten. Ich habe alle Schlüssel, und ich lebe allein. Es wird mir also niemand ein Alibi geben. Diesen verdammten Richard habe ich gehaßt, das kann ich ebensogut selbst erzählen, dann müssen Sie das den anderen nicht aus der Nase ziehen. Ich habe es nicht einmal ausgehalten, mit ihm in einem Zimmer zu sein, und das wissen alle. So!«

Sie starrte uns an. Obwohl sie reglos wie eine Statue dastand, vibrierte es wie immer um sie herum: die riesigen Ohrringe klirrten, der Lederrock knarrte, ein dicker Wollschal schlängelte sich von ihrer Schulter herab, und eine Haarsträhne löste sich aus einer Spange.

Grimmig ließ sich nicht stören.

»Soll das heißen, daß Sie gekommen sind, um ein Geständnis abzulegen?« fragte sie.

»Den Teufel tu ich!« schrie Che. »Ich hätte ihn vor den Augen aller totgetrampelt, wenn er mich weiterhin so drangsaliert hätte. Aber ich wäre nie im Leben auf die perfide Idee gekommen, mich mit einer Axt in der Hand von hinten in einer Livesendung an ihn ranzuschleichen!«

Es klang, als ärgerte es sie, von Frau Grimmig einer so unprofessionellen Tat verdächtigt zu werden. Mord, das schon, aber nie und nimmer live!

Jetzt hielt Stig es nicht mehr aus. Die Vanillewaffeln brachten sich wohl wieder in Erinnerung. Er stürzte auf die

Tür zu und verschwand ohne weiteren Kommentar. Che sah ihm mit rauher Zärtlichkeit hinterher.

»Sie sehen ja, wie es dem Ärmsten geht«, sagte sie. »Sollte er im Stande gewesen sein, plötzlich nüchtern zu werden, die Treppe hinaufzuschleichen und mit größter Präzision einem Kollegen mit der Axt den Schädel zu spalten? Im Leben nicht! Begreifen Sie das doch endlich! Ich habe ihn heute gegen zehn gesehen, da hatte er immer noch solch eine Fahne, daß man allein von seiner Anwesenheit besoffen werden konnte. Wer weiß, vielleicht wird man ebenso leicht Passivalkoholiker wie Passivraucher?«

Kriminalinspektorin Grimmig klopfte ungeduldig mit einem Stift auf den Schreibtisch. Sie war ein Mensch, der gern und ohne Umschweife zur Sache kam. Das gefiel mir. Lieber eine grimmige Polizistin als eine muntere sozusagen. Mord ist schließlich kein Zeitvertreib.

Plötzlich flog mir ein Gedanke zu.

»Moment mal ... vielleicht läßt sich das Motorengeräusch, das ich heute morgen gehört habe, doch erklären!« sagte ich. »Das muß Stig gewesen sein! Er hat stoßweise geschnarcht, so daß es wie ein Motor klang!« Grimmig nickte langsam. Sie kritzelte etwas auf ihren Block und stand dann auf.

»Ich melde mich noch einmal bei Ihnen«, sagte sie. »Bitte seien Sie so freundlich und verlassen das Funkhaus noch nicht!«

Kurz vor fünf bat sie Stig und mich, ihr in die Eingangshalle zu folgen. Wir hatten etwa eine halbe Stunde lang lustlos in einer Pizza vom Pizzaservice gestochert und nicht die Kraft gehabt, etwas Vernünftiges zu unternehmen. Es war uns nicht einmal möglich, über das Vorgefallene zu sprechen. Alle anderen hatten einer nach dem anderen den Sender verlassen dürfen. Nur wir beide und Haqvin waren noch da. Letzterer saß reglos mit Kopfhörern in seinem

Glaskasten und starrte vor sich hin. Ich fragte mich, ob selbst die Polizei vor diesem Do-it-yourself-Schamanen Respekt hatte.

Wir standen auf und schlurften hinter ihr her ins Erdgeschoß. Dort war alles dunkel, etwa so wie am Vorabend, nur die Notbeleuchtung war an. Auf dem Empfangstresen lief das Radio mit dem endlosen P 4-Trailer über Richards Tod, begleitet von Trauermusik. Grimmig bat uns vor dem Nachrichtenstudio Platz zu nehmen und Richtung Treppe zu schauen. Mein Herz begann heftig zu pochen.

Plötzlich bewegte sich etwas auf der Treppe. Weiß, flatternd, lautlos, ohne Gesicht, ohne Beine. Es kam die Treppe zum Obergeschoß herab, durchquerte den Eingangsbereich, schwebte auf die Kellertreppe zu und hinunter – dann war es verschwunden.

Ich begann unzusammenhängend vor mich hinzureden. Stig wand sich wimmernd auf dem Sofa. Grimmig machte sich Notizen.

»Danke, das war alles!« sagte sie. »Sie dürfen jetzt nach Hause!«

/senden/

Ein Komplize auf dem Dach?

Zeitungsausschnitt aus Nordöstra Sveriges Tidningar, »Nordöstran«, Mittwoch, den 8. Februar:

WIE KONNTE DER MÖRDER SPURLOS VOR DEN AUGEN DREIER ZEUGEN VERSCHWINDEN?
Das Entsetzen der Angestellten von Radio Nordost nach dem Mord am beliebten Rundfunkmoderator Richard Malmström nimmt weiter zu. Ist einer der Kollegen ein brutaler Mörder? Die Polizei verwirft nun die Theorie, der Mord könne von einem Außenstehenden, womöglich einem Verrückten begangen worden sein. Dies wurde auf der Pressekonferenz am Dienstagnachmittag verlautbart. Das Gebäude von Radio Nordost war noch am Vorabend des Mordes von der Securitas gründlich durchsucht worden. Nachdem die Wächter das Funkhaus verlassen hatten, konnten nur noch solche Personen die Räumlichkeiten betreten, ohne den Alarm auszulösen, die über einen Schlüssel für die Haupttür und einen zweiten Schlüssel zum Abstellen der Alarmanlage verfügen. Außer der Wachgesellschaft besitzen nur die Angestellten des Senders den doppelten Schlüsselsatz. Das Motiv des Mordes liegt immer noch im dunkeln.

Radio Nordost am dritten Tag nach dem Mord – hier hat das Grauen Einzug gehalten, und es wächst mit jedem Tag. Wer erschlug Richard Malmström bei laufender Sendung mit einer Axt der Marke Haglöf? Hatte der Mörder ein Motiv, oder war es die Tat eines Wahnsinnigen? Wird er wieder zuschlagen, und wer wäre dann an der Reihe? Und vor allem: Wie konnte der Mörder nach der Tat das Studio 2 verlassen, aus dem Malmström fast jeden Morgen die beliebte Frühsendung »Frisch aufgebrüht« in den Äther unserer Provinz schickte?

Studio 2 ist das größere der beiden Studios von Radio Nordost und ist mit einem Mischpult ausgestattet. Die Moderatoren, die innerhalb unseres Bezirks senden, wickeln die gesamte Sendung alleine ab, legen Bänder ein und Platten auf, nehmen Telefongespräche entgegen usw. Richard Malmströms Sendungen liefen störungsfrei. Bis zu diesem Morgen.

Lauerte der Mörder in einem finsteren Winkel des Studios, als Malmström sein warmes, freundliches »Guten Morgen, liebe Hörer« in den eiskalten Februarmorgen sendete? Schlich er sich an und schlug von hinten zu, während Malmström seine Aufmerksamkeit auf das Mikrofon richtete?

An Mutmaßungen herrscht kein Mangel, die Spekulationen gehen hauptsächlich in drei Richtungen:

a) Läßt sich das Studiofenster mit einem Dietrich oder einem Magnet von außen schließen? Kann sich der Mörder vom Fensterbrett zwei Meter über dem Erdboden hinuntergelassen haben und in Schneeschuhen im dichten Schneetreiben verschwunden sein? (Im Schnee unter dem Fenster wurden jedoch keine deutlichen Spuren gefunden.) Wie lassen sich in diesem Fall die Blutspuren erklären, die die Polizei auf der Toilette neben dem Studio gefunden hat?

b) Lügen alle drei Zeugen? Haben sie wie beim »Mord im Orientexpreß« das Verbrechen gemeinsam begangen (möglichweise unter Mitwisserschaft des Zeugen im Keller)? Was hätten sie für ein Motiv?

c) Schützen die drei Zeugen einen anderen Kollegen, der den Mord begangen hat? Und was hätte dieser Kollege für ein Motiv, und welch eine Veranlassung hätten diese drei Kollegen, ihn zu schützen?

Es blühen auch phantasievollere Theorien darüber, wie der Mord in dem »verschlossenen Raum« stattgefunden haben könnte: War die Axt wie ein Fallbeil an der Decke befestigt? Besaß der Mörder einen Komplizen im Obergeschoß oder auf dem Dach, der mit einer Strickleiter auf ihn wartete, nachdem er das Studiofenster auf rätselhafte Art verriegelt hatte? Ist der Mord etwa von einem Snowboardfahrer begangen worden, der mit einem kühnen Sprung durch ein Fenster ins Obergeschoß eindrang, das nach dem Mord durch einen Komplizen von innen geschlossen wurde? Gibt es einen Geheimgang oder eine Geheimtür zum Tatort? Niemand kennt die Antwort.

Die Angestellten von Radio Nordost wissen nur, daß sie einen geschätzten Kollegen und Freund durch einen sinnlosen und blutrünstigen Mord verloren haben.

Obwohl die Axt, von sicherer Hand geführt, Malmströms Schädel weit oben spaltete, sind sehr viel Blut und Hirnsubstanz ausgetreten. »Wie ein Schlachthaus sah das Studio aus«, sagte einer der Angestellten schaudernd. Die Polizei findet es bemerkenswert, wie geschickt der Mörder die Axt handhabte. Er oder sie könne jedoch auf diesem Gebiet nicht allzuviel Erfahrung gesammelt haben, denn in den letzten zwanzig Jahren seien in Schweden nur wenige Morde mit einer solchen Tatwaffe verübt worden. Es könne sich natürlich um eine Person handeln, die häufig Holz hacke. Auch ein geschickter Golf- oder Bowlingspieler könne es zu dieser Treffsicherheit bringen, meint Polizeichef Åke Björklund. Woher die Mordwaffe stammt, dürfte kaum festzustellen sein. Hunderte von Äxten der bekannten Marke Haglöf werden täglich in Schweden verkauft. Natürlich hat ein so umsichtiger Mörder keine Fingerabdrücke auf der Waffe zurückgelassen.

Polizeichef Björklund möchte mit Hilfe von »Nordöstran« die zahlreichen Hörer von »Frisch aufgebrüht«, die bei der Polizei anrufen, um mitzuteilen, was sie gehört zu haben glauben, nochmals bitten: *Rufen Sie nicht mehr an!* Die Polizei verfügt über einen Mitschnitt der Sendung, den sie gründlich analysieren kann. Hingegen bittet die Polizei nach wie vor um Mithilfe, was Beobachtungen zum fraglichen Zeitpunkt in der Nähe des Senders betrifft.

Richard Malmström wird in aller Stille beigesetzt. Seine Ehefrau konnte von der Polizei noch nicht vernommen werden. Nach ihrem Zusammenbruch wird sie stationär auf der psychiatrischen Notfallstation des Kreiskrankenhauses behandelt.

Carl Östen Ohlin (sowie ein Foto des Journalisten)

Terroristen, Gewaltverbrecher und Säufer

Redigierte Abschrift eines Mitschnitts aus dem Pausenraum des Radio Nordost:

»Von wegen, das Grauen hat Einzug gehalten!« schrie Bengt Hedning beim Kaffeetrinken. »Wenn hier jemand Einzug halten sollte, dann dieser verdammte Ohlin von der Nordöstran! Und auf bloßen Knien, bitte schön! Schließlich bezeichnet er mich, Carina und Nils als brutale Mörder, die unter einer Decke stecken. Mein Sohn mußte gestern auf dem Schulhof Autogramme verteilen! Kaum zu glauben! Dabei verzapft dieser verdammte Ohlin solchen Unsinn nur, weil er, koste es, was es wolle, zum Aftonbladet will. Das hier ist nur ein erster Vorgeschmack. Es wird noch viel schlimmer! Es wimmelt nur so von diesen Überehrgeizigen, die sich mit dieser Sache einen Namen machen wollen! Und es geht um uns, denn *wir sind die Verdächtigen*, und es geht um unser armseliges Privatleben, begreift ihr das nicht? Ohlin und seine Kumpanen von den Abendzeitungen werden skrupellos überall in der Stadt Informationen sammeln. Der Presserat kann auch nichts mehr ändern, wenn Ohlin aus dem, was ihm seine Cousins erzählen, was er am Tresen vom »Route 69« aufgeschnappt hat oder was irgendein Kind zu Hause bei einem Spielkameraden gesehen hat, eine Lügengeschichte zusammenbraut. Sie werden uns Verdächtige in einer langen Reihe an der Storgatan kreuzigen, und wir können ihnen nicht entrinnen. Schließlich haben wir sie im Wohnzimmer sitzen! Wir begegnen ihnen bei Elternabenden und beim Eishockey, auf Gewerkschaftsversammlungen und auf der Party des Nachbarn! Sie sind überall und haben ihre riesengroßen Ohren so weit aufgesperrt, daß sie einem damit fast die Sicht nehmen!«

»Entschuldige, Benke, redest du gerade von den Journalisten?« mischte sich Che ein. »Den Journalisten unserer kleinen Stadt? Sind wir etwa ein Rudel verrückter Paparazzi, die bei Vollmond aufeinander losgehen, so daß das Blut nur so von den Stiften spritzt? Sind wir nicht alle dadurch auf den Hund gekommen, daß wir Huldigungsartikel auf irgendwelche Dorfgrößen schreiben mußten? Haben uns nicht die stundenlangen Ortsbeiratsversammlungen und die Pokale der Juniorenliga in totale Lethargie versetzt? Du gehörst doch genauso zu dieser Meute wie ich, und du bist dir sicher, daß wir Ohlin auf keinen Fall den Wölfen zum Fraß vorgeworfen hätten, oder? Dabei predigst du doch immer, daß es unsere Aufgabe sei, Nachrichten zu verbreiten, und daß es ein Dienstvergehen wäre, Rücksichten zu nehmen! ›Die anderen sollen sich um die psychosoziale Betreuung kümmern. Das kann nicht unsere Aufgabe sein‹, hast du vorgestern gesagt, als ich auf die Story mit dem betrunkenen Vergewaltigungsopfer verzichten wollte!«

»Ja, verdammt, aber es gibt doch wohl einen Unterschied zwischen Nachrichten und reinen Mutmaßungen!« kreischte Benke im Falsett. »Meinetwegen soll Ohlin über jedes Detail schreiben, was sich hier ereignet hat! Bitteschön, ich liefere ihm alle Axtabdrücke, Fußspuren und die gesamte Hirnmasse gratis, sogar die letzte Neuigkeit, das mit den Regencapes – aber er soll gefälligst seine idiotischen Schlußfolgerungen für sich behalten, daß Carina, Dave, Nils und ich wie im »Mord im Orientexpreß« gemeinsame Sache gemacht hätten! Soll er sich doch mit diesem Snowboardfahrer, der sich angeblich mit der Axt in der Hand durchs Fenster geschwungen hat, blamieren. Das ist so abwegig, daß ihm das ohnehin niemand abnimmt, aber das Ekelhafte ist ja, daß einiges von dem, was er sich einfallen läßt, zumindest für Außenstehende denkbar wäre!«

»Tja, Benke, jetzt rächt sich dein Gerede, mit dem du uns das ganze Frühjahr auf die Nerven gegangen bist. Löffle das jetzt bitte selbst aus!« sagte Che, und ihre bebenden Hamsterbacken glänzten wie Weihnachtsäpfel. »Wenn du selbst die Folgen tragen mußt, willst du plötzlich nicht mehr mitspielen, was? Und du spürst, daß es darauf hinausläuft, nicht wahr? Aufgeweckte Leser erkennen sofort, daß Ohlins Konspirationstheorien, Strickleitern und Geheimtüren der reine Nonsens sind, aber wie viele wache Leser gibt es eigentlich frühmorgens? Bilden die überhaupt die Mehrheit? Und wie wach sind die Leser der Abendzeitungen, wenn sie nach der Arbeit müde nach Hause kommen? Der Abendzeitungsjournalismus muß so brutal sein, damit die Leute bis zu den Anzeigen wach bleiben. Aber auch in den müdesten Köpfen schlägt eine Menge Unkraut Wurzeln.«

Che und Benke blickten sich finster an. Schließlich seufzte er tief. »Schließlich werde nicht nur ich das ausbaden müssen, oder?« meinte er. »Sie werden schon jemanden auftreiben, der gehört hat, wie du auf einer Party vor zwanzig Jahren Lobeshymnen auf die Baader-Meinhof-Bande gesungen hast. Am nächsten Tag kannst du dann in ›Expressen‹ lesen: ›WAR DER RADIOMORD DIE TAT VON TERRORISTEN?‹ Mit einem Riesenfoto von dir mit Schutzbalken über den Augen! Die werden schon irgendwas über uns alle ausbuddeln: Daves Vorstrafe wegen Körperverletzung und meine unbezahlten Rechnungen, Stigs Trinkgewohnheiten und Sams und Toms Liebesleben!«

»Sam und Tom? Das sind doch wohl die einzigen mit

einer weißen Weste! Schließlich waren sie zur Tatzeit in Mörtsele!«

»Ha! Wie sollen die beweisen können, daß sie nicht mit hundert Sachen in der Stunde auf dem Snowboard hergebrettert sind und Hand in Hand einen eleganten Sprung durch Richards Fenster gemacht haben? Es geht nicht um Fakten, das sage ich doch die ganze Zeit, sondern um Mutmaßungen innerhalb der Grauzone des Möglichen! Und irgendwas bleibt immer hängen! Besonders an Leuten wie Sam und Tom, denn die Leser kriegen Verbrechen gerne noch mit etwas Schwulensex serviert, scheißegal, ob das zur Sache gehört oder nicht! Du kannst heilfroh sein, Che, daß du nicht auch noch lesbisch bist, denn dann hätte dir niemand deine terroristische Vergangenheit verziehen.«

Che und Benke starrten sich mit gerunzelter Stirn an. Wir anderen folgen ihrem Wortgefecht wie einem Tischtennisspiel. Plötzlich mußten beide kichern, und Che umarmte Bengt so fest, daß die Knochen knackten. Arm in Arm setzten sie sich aufs Sofa.

Dave, der eine Weile neben mir gesessen hatte und unruhig hin und her gerutscht war, schielte zu mir herüber und sagte:

»Also ... du hast von der Sache mit der Körperverletzung vielleicht noch nichts gehört ... Das war, als ich mal etwas zuviel getrunken hatte, das heißt, man könnte auch sagen, daß ich stockbesoffen war ... Ich war bei einem Tanzabend irgendwo in der Gegend. Da spielte eine Band, die war so verdammt schlecht, und als sie zum dritten Mal ›Deine lächelnden goldbraunen Augen‹ gespielt hatten, schlich ich mich auf die Bühne und manipulierte die Stecker so, daß es den Gitarristen mit 220 Volt erwischte ... Das haben die dann Körperverletzung genannt, und ich bekam eine saftige Geldstrafe ... aber mit einer Axt ist das schließlich nicht zu vergleichen!« Er sah mir bedrückt in die Augen und fuhr dann fort: »Was technische Sachen betrifft, kann ich fast alles, am Computer auch, auch die winzigsten Steckverbindungen – aber was große schwere Werkzeuge angeht, bin ich 'ne Niete!«

Carina saß ihm gegenüber und schlürfte stirnrunzelnd eine Tasse Slimfast mit Erdbeergeschmack. Sie war schön wie eine Rose. Jetzt schnaubte sie verächtlich.

»Nee, Dave, große Werkzeuge sind wirklich nichts für dich! Ein Glück, daß du keins besitzt!«

Es war unklar, was sie damit sagen wollte (oder auch nicht), aber alle warfen ihr bohrende Blicke zu. Sie schüttelte sich wie ein nasser Hund, stand auf und rauschte aus dem Pausenraum. Seit dem Mord ist sie etwas aus dem Gleichgewicht geraten, das ist vermutlich das Freundlichste, was sich über sie sagen läßt.

Wir anderen begannen, uns nett mit Dave zu unterhalten, der anfangs den Kopf hängen ließ, dann aber munterer wurde.

»Immerhin wird sie jetzt nicht ausziehen!« sagte er. »Eine Zeitlang war ich mir ganz sicher, daß sie ihre Sachen packen würde, aber ich hab's wieder hingekriegt! Wenn ihr nur wüßtet, wie!« Er kicherte.

Ich starrte ihn an. Nein, ich kannte Dave nicht gut genug, um zu wissen, ob er an gewissen Wochentagen vollkommen überschnappte. Vielleicht hatte er Richard mit einer Schleuder niedergestreckt, und das mit der Axt war nur ein Ablenkungsmanöver. Oder er hatte im Keller ein tödliches Gas hergestellt und es durch Rohre und Leitungen ins Studio 2 geleitet? Jedenfalls war es ratsam, ihn außer Hörweite der Polizei zu schaffen, wenn er solche Sachen von sich gab.

Nisse-Boß schaute zur Tür herein.

»Also … wo wir schon mal alle zusammensitzen … äh … Sveriges Radio schickt natürlich einen Kranz für die Beerdigung, aber vielleicht sollten auch wir … die Freunde und Kollegen … wer wird übrigens hingehen?«

Im Pausenraum wurde es totenstill. Auf dem Band ist nur noch das Klappern von Besteck zu vernehmen. Und schließlich Nils' kleinlautes: »Irgend jemand? Niemand?« Er verstummt.

Che erhob sich.

»Vielleicht hättest du Sia und Annika überreden können, wenn die nicht gerade beurlaubt wären«, sagte sie. »Ich glaube, daß die beiden keine direkte Aversion gegen Richard hegten. Haqvin geht sicher hin. Er hat schließlich sein bewährtes drittes Auge in der Stirn und sieht etwas anderes in Richard als wir, außerdem ist es Richard nie geglückt, ihm was anzuhaben. Carina will bestimmt an der Trauerfeier teilnehmen und sich ganz in Schwarz neben den Sarg stellen und Peinlichkeiten um sich streuen, um es der armen Maria noch schwerer zu machen. Ich werde das zu verhindern wissen, und wenn ich mich auf sie draufsetzen muß. Sam und Tom? Du, Malla? Tja, ihr kennt Richard schließlich noch nicht so lange und verabscheut ihn daher auch nicht so sehr wie wir. Ihr könnt also machen, was ihr wollt. Aber wir anderen? Was sagst du, Stig, wollen wir im Stadskällaren feiern? Benke? Komm doch mit, Nils, insgeheim willst du das sicher auch!«

Aber zur allgemeinen Verwunderung legte Nils diesmal erstaunliche Führungsqualitäten an den Tag. Er brachte Che dazu, sich wieder zu setzen. »Das habe ich alles nicht gehört!« sagte er. »Und glücklicherweise auch nicht die Polizei oder dieser Ohlin von der Nordöstran! *Wir* verstehen sehr wohl, daß du aufgewühlt und etwas aus den Fugen bist, Kerstin, auch gerade wegen deines komplizierten Verhältnisses zu Richard. Aber das tun die anderen vermutlich nicht, und außerdem bringst du deine Kollegen in Gefahr. Jetzt müssen wir zusammenhalten, das begreifst du doch, sonst kommt es noch zu einer Katastrophe. Mir ist klar, daß ihr nicht auf die Beerdigung gehen und euch angaffen lassen wollt, aber ich glaube, daß es Maria sehr schwer fallen würde, allein dort zu stehen. Zieht euch was Dunkles an und wartet am Freitag um Viertel vor drei vor der Kapelle auf mich.«

Er beugte sich über Che und strich ihr ein paar Haare aus der Stirn.

Sie begann laut zu schluchzen.

Bei jedem Schluchzer schlug der Pegel des eingeschalteten Aufnahmegeräts in den roten Bereich aus.

»Nordost-Malla in aller Munde«

Brief von Malla Vilhelmsson, Radio Nordost,
an Jonas Månsson, Norrlands Folkblad,
Donnerstag, den 9. Februar:

Ja, Jonas, ich verstehe, was Du meinst, und ich bin einverstanden. Wir stecken unsere einfältigen Köpfe zusammen und hoffen, daß wir gemeinsam klüger sind. Ich weiß, daß ich mit dieser Sache nicht allein fertig werde, irgendwie bin ich zu nahe dran, und außerdem sind sie doch so was wie meine Freunde! Und vielleicht fällt Dir etwas auf, was mir entgangen ist, weil ich mir selbst im Weg stehe!

Ich werde nicht über Leichen gehen, nur um den großen Coup zu landen, und weiß, daß Du das ebensowenig tun wirst – aber es kann doch auch nicht falsch sein, sich Gedanken zu machen? Und wir – oder jemand anders, womöglich die Polizei – müssen diese Sache bald lösen, denn die Wogen schlagen immer höher. Diese Story hat alles: unerklärliche Vorkommnisse, ein rätselhaftes Verschwinden, einen »verschlossenen Raum«, Blut, Hirnsubstanz, einen kleinen Kreis von Verdächtigen und eine Liste von Darstellern, die es in sich hat! Richard, das hinreißende Opfer, das sich gut auf Fotos macht (hast Du ihn eigentlich in der Kvällsposten gesehen mit Stirnband und Harley-Davidson, wie er in die Sonne blinzelt?). Die am Boden zerstörte Witwe, das T-Shirt getränkt vom Blut ihres Gatten, Böleås Antwort auf Jackie

Kennedy! Und dann wir anderen zehn vom Sender, von einem Star wie Carina, der die Tränen durch die wasserfest getuschten Wimpern sprudeln, bis hin zu Nisse-Boß' gebeugter, graumelierter Gestalt. Wir werden noch so bekannt wie die Typen von »Big Brother«! Wenn das so weitergeht, wird man mich in ganz Schweden nur noch Nordost-Malla nennen! Ich werd noch verrückt!

Deswegen tue ich mich mit Dir zusammen, Jonas. Wir wollen versuchen, brauchbare Informationen aufzuspüren, mit denen sich die Geschichte lösen läßt. Und wenn das Ergebnis zuerst in unserem Lokalsender und in Deinem Volksblatt kommt und nicht in »Expressen«, dann ist alles, wie es sein soll.

Deshalb habe ich heute in der Mittagspause das Band mitlaufen lassen. Niemand hier im Haus denkt sich schließlich was dabei, wenn man zum Mittagessen Aufnahmegeräte mitbringt. Anbei für Dich die Abschrift. Ich schicke Dir nur die interessantesten, fast wortgetreuen Abschnitte. Es fällt mir aber schwer, Dir die Stimmung im Pausenraum zu vermitteln, diese eigenartige Mischung aus Schrecken und Erleichterung, Mißtrauen und Herzlichkeit.

Unsere Gespräche sind nicht mehr so bösartig wie früher – ich glaube ganz einfach, daß Richard hinter den gemeinsten Angriffen gesteckt hat! Er war nicht der einzige, und dementsprechend war die Stimmung im Pausenraum. Wenn Richard jemanden besonders widerlich behandelte, so wagte sein Opfer nicht immer, sich zu wehren, sondern fiel stattdessen über einen Dritten her ... Alle sind demnach ziemlich erleichtert. Sie müssen nicht mehr die ganze Zeit so verdammt aufpassen.

Außerdem haben wir einen gemeinsamen äußeren Feind, und nichts trägt an einem Arbeitsplatz so sehr zum guten Betriebsklima bei. Wir halten gegen die verdammten Presseleute zusammen, die nicht aus unseren eigenen Reihen stammen. Aber es versteht sich, daß weiterhin Mißtrauen herrscht, denn schließlich hat jemand einen unglaublich brutalen Mord begangen, und wir wissen, daß es eine der im Pausenraum versammelten Personen sein muß!

Ich glaube, daß wir dieses Detail vorerst verdrängen. Ebenso die Angst – ich glaube, Hedning hat Unrecht, es läßt sich leicht mit einer heißen Tasse in der Hand dasitzen und mutig sein, aber ich bezweifle, daß jemand nach Feierabend allein herkommen würde! Und Che, die sich um die Frühschicht kümmert, bis Nils einen Ersatz für Richard gefunden hat, weigert sich, morgens allein hier zu sein.

MaMa war seit dem Vorfall krankgeschrieben, besteht aber darauf, Anfang nächster Woche wieder bei der Arbeit erscheinen zu dürfen. Ich begreife nicht, warum sie das will, und weiß, daß die Ärzte das für eine schlechte Idee halten. Aber so wie die Dinge nun mal liegen, kann ihr niemand was abschlagen. Ich glaube, ich leihe mir den Dienstwagen und fahre am Freitag, wenn sie aus dem Krankenhaus entlassen wird, mit ein paar Blumen zu ihr raus. Allerdings nicht als Detektivin, mein lieber Watson, hörst Du?

Ich lege die Grundrisse des Funkhauses bei, um die Du gebeten hattest. Du versuchst doch, Dir ein Wochenende freizuschaufeln, um mich zu besuchen? Ich kann Dir eine Sightseeingtour des Tatorts anbieten!

Bis bald, Du Perle unter meinen Herrenbekanntschaften!

Malla

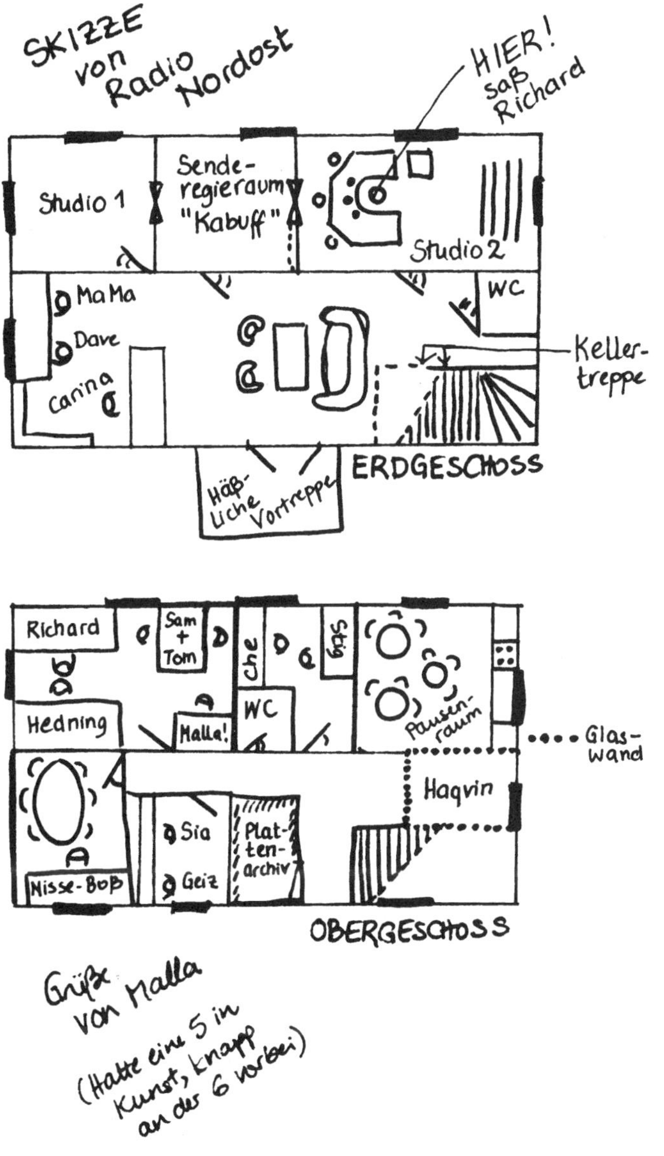
SKIZZE von Radio Nordost
HIER! saß Richard
Studio 1
Sende-regieraum "Kabuff"
Studio 2
WC
MaMa
Dave
Carina
Keller-treppe
Häß-liche Vortreppe
ERDGESCHOSS
Richard
Sam + Tom
Che
Stig
Hedning
Malla!
WC
Pausen-raum
Glas-wand
Haqvin
Sia
Geiz
Plat-ten-archiv
Nisse-Boß
OBERGESCHOSS
Grüße von Malla
(Hatte eine 5 in Kunst, knapp an der 6 vorbei)

Gespenst ohne Kleider

An: <malla.vilhelm@radionordost.sr.se>
Von: <jonas.mansson@norrlands.folkblad.se>

Danke, mein Goldstück, für die Mitschrift aus dem Pausenraum! »Das mit den Regencapes« – was soll das bedeuten?
/senden/

An: <jonas.mansson@norrlands.folkblad.se>
Von: <malla.vilhelm@radionordost.sr.se>

Bin in Eile – ich soll nämlich zur Sitzung des Verkehrsausschusses und Backlund interviewen, den hartgesottensten unserer Kommunalpolitiker. Er hat eine ganz eigene Art, Journalistinnen den Arm um die Schultern zu legen und ihnen Sachen *anzuvertrauen*, und würzt seine Auslassungen gern mit Impressionen aus seinem Alltag als Vater, womit er meist Erfolg hat. In weniger als einer Viertelstunde schreiben alle genau das, was er seinen Untertanen mitteilen möchte. Der Beitrag muß bis zum Nachmittag fertig sein, und ich sitze hier und riskiere, daß Bengt mich erwischt – aber ich muß Dich schließlich auf dem laufenden halten über »das mit den Regencapes«. Die Polizei hat es der Presse gegenüber noch nicht erwähnt. Sicherlich hat sie ihre guten Gründe.

Ich hatte nicht vor, Dich auf die Folter zu spannen, indem ich Dir bisher noch nicht erzählt habe, wie Frau Grimmig Stig und mich in der dunklen Eingangshalle plazierte und uns einen fürchterlichen Schrecken einjagte, indem sie das »Gespenst« an uns vorbeigleiten ließ.

Kurz und gut: Unser »Gespenst« war bei dieser Gelegenheit ein Polizist namens Berggren. Er trug schwarze Schuhe, eine lange Hose und ein weißes, flatterndes Einwegregencape. Die Kapuze war so weit nach vorne gezogen, daß das Gesicht nicht zu sehen war! Die Wände im Eingangsbereich und Treppenhaus sind bis in Hüfthöhe dunkelgrau getäfelt, und die Treppe ist hellgrau gestrichen – wenn die dunklen Hosenbeine also mit dem Hintergrund verschmelzen, hat es den Anschein, als ob das »Gespenst« schwebe.

Diese Capes haben eine Vorgeschichte: Als Sveriges Radio das letzte Mal alle Angestellten zu einem Fest in den großen Innenhof des Funkhauses in Stockholm einlud, regnete es, und das aufgeweckte Festkomitee verteilte Einwegregencapes (von Radio Nordost waren alle dort). Unsere Buchhalterin, Annika Greiz, genannt Geiz, hat nicht ganz grundlos den Ruf, knauserig zu sein. Nach dem Fest sammelte sie die Regencapes ein, die liegengeblieben waren, faltete sie ordentlich zusammen und verstaute sie später in einem Schrank unten im Keller. Vermutlich hatte sie eine pfiffige Sparmaßnahme geplant. Womöglich wollte sie die Dienstwagen verkaufen und uns zwingen, bei jedem Unwetter mit wehendem Umhang Rad zu fahren ...? (Im Keller sind die Schränke randvoll mit ausrangiertem Zeug, das Annika Geiz wie ein Eichhörnchen gehortet hat.) Übrigens haben wir uns tatsächlich angewöhnt, die Regencapes zu benutzen, wenn wir bei Wolkenbruch in die Pizzeria auf der gegenüberliegenden Straßenseite wollen.

Wie auch immer: Bei ihrer gründlichen Hausdurchsuchung fand die Polizei hinter den anderen Capes im Kellerschrank eine Plastiktüte, die einen blutigen Umhang enthielt! Außerdem entdeckte man zwei von diesen blauen Plastikteilen, die man sich im Krankenhaus über die Schuhe zieht – ebenfalls blutverschmiert.

Die Theorie lautet folgendermaßen: Der Mörder trug ein Regencape oder sogar zwei über seiner normalen Kleidung und diese Plastikdinger über den Schuhen, als er/sie ins Studio trat und Richard den Schädel spaltete. Es fällt mir schwer, darüber zu schreiben, Jonas, deswegen nur ganz kurz: So was geht nur, wenn man das Risiko eingeht, selbst einiges an Blut abzubekommen. Es spritzt, man watet buchstäblich darin ... (Deswegen hat die Polizei am Mordtag auch unsere Kleider so gründlich untersucht. Das habe ich Dir doch erzählt?) Eigentlich war es genial, ein Regencape zu verwenden – auch wenn sich darauf noch ein Fingerabdruck finden sollte, hätte das nichts zu bedeuten, da wir sie alle benutzt haben. Auch aus Spuren an diesen blauen Plastiküberziehern läßt sich nichts ableiten: Die können gebraucht sein und aus irgendeiner Poliklinik stammen.

Wahrscheinlich hat der Mörder kurz vor der Tat das Cape übergezogen, das muß der Moment gewesen sein, als Stig sein Gespenst erspähte. Wer es war, sah er natürlich nicht: Das Gesicht ist hinter der in die Stirn gezogenen Kapuze verborgen und liegt vollkommen im Dunkeln – Du kannst Dir gar nicht vorstellen, wie fürchterlich ein normales Regencape bei schlechter Beleuchtung wirkt!

Das »Gespenst« schlich also die Kellertreppe hinauf, drang bei Richard ein, ermordete ihn, schlich auf die Toilette, zog die Verkleidung aus und stopfte sie in eine Plastiktüte. Vielleicht hatte der Mörder vor, wieder über die Kellertreppe zu verschwinden? Tat er das auch oder verwarf er diesen Gedanken? War sonst noch jemand im Keller? Vielleicht Dave? Oder versteckte er das Cape später, ehe die Polizisten eintrafen? Wäre es einem von uns aufgefallen, wenn jemand in der Aufregung mit einer Plastiktüte im Eingangsbereich herumgelaufen und dann im Keller verschwunden wäre? Klar, daß uns die Polizei damit gelöchert hat, aber niemand scheint etwas gesehen zu haben, nicht einmal das allsehende Auge, der Guru im Glasverschlag oberhalb der Treppe, der vom Fenster seines Zimmers aus nicht nur die Außentür zum Keller, sondern auch alle, die kommen und gehen, im Blick hat.

Warum habe ich das Gespenst am Abend *vor* dem Mord gesehen? War das etwa die Generalprobe?

Langsam bekomme ich Kopfschmerzen ... Und mit den Kopfschmerzen in eine farbenfrohe Wollmütze verpackt, eile ich zur Sitzung des Verkehrsausschusses!

Das Leben war auch schon besser!

Deine treue

Malla

/senden/

Im Glasverschlag IV

Jeder Tag ist ein Kampf.

Sich anziehen, zur Arbeit gehen, sich in den Glasverschlag setzen und leichte bis seichte Musik aussuchen, um den traurigen Alltag vieler Menschen zu vergolden – all das, was ich bisher geliebt habe. Plötzlich scheine ich mich in einem Traum zu befinden. Ich kämpfe und kämpfe, die Füße bewegen sich, aber ich komme trotzdem nicht vom Fleck.

Während sich die Bestie nähert.

Warum läßt meine Gabe mich ausgerechnet jetzt im Stich? Ich spüre, wie die Spannungen zwischen den Leuten in der Redaktion immer weiter zunehmen, und sollte sie eigentlich beruhigen, vermitteln und trösten ... aber ich sehe nichts. Ich bin blind in einer Welt von Blinden. Oder vielleicht bin ich ja eher taub ... Jedesmal, wenn ich meine Gedanken dazu zwinge, sich diesem Morgen zu nähern, wird dieses knirschende, alles zerstörende Geräusch in meinem Hinterkopf stärker, bis es den ganzen Kopf füllt ... eine Art wahnsinniger, geistiger Tinnitus, unerträglich schrill und quälend.

Ich spüre allerdings genug, um zu wissen, daß wir diesen Mörder ans Licht locken müssen, ehe diese Gruppe von Menschen unter dem Druck der Unsicherheit implodiert.

Es hat bereits begonnen. Zuerst herrschte im Pausenraum der reinste Sommerhimmel. Ich glaube, daß wir eine Zeitlang mitten im Auge des Sturms paradoxerweise die Wärme und Zuneigung der anderen genossen – wir kümmerten uns umeinander, um uns gegenseitig vor dem Rudel der Angreifer dort draußen zu schützen, und Richard, der uns auf Abstand mit seinem allsehenden Auge und seinem beißenden Spott beobachtete, gab es auch nicht mehr.

Aber natürlich war das nicht von Dauer. Einer von uns hat auf unerklärliche Weise und äußerst brutal einen anderen Menschen getötet. Einer von uns sitzt im Pausenraum, unterhält sich über Nichtigkeiten und trinkt Kaffee. Er zankt sich gut gelaunt mit den anderen, die von einer Aufgabe zur nächsten hasten, erfüllt von der eigenen Wichtigkeit und den Weltnachrichten. Einer von uns. Und das wissen wir.

Unlängst fing es mit federleichten Wölkchen im Pausenraum an, die ein Unwetter ankündigten. Da fielen sie plötzlich alle miteinander über Carina her. Sie rannte mit den Blicken der anderen im Nacken nach draußen, nachdem sie den armen David in seiner Mannesehre gekränkt hatte. Ich spürte ihre Bitterkeit beinahe körperlich, während sie an mir vorbeilief ...

... Können mich alle mal gernhaben ... Er ekelt mich an ... Oh, warum habe ich mich je auf ihn verlassen? ... Er hat es nicht besser verdient ... Aber es tut so weh ...

Carina kennt keine Hemmungen. Immer hat sie sich am leichtesten abhören lassen – aber sogar bei ihr hat es jetzt angefangen zu rauschen, und ihre Gedanken bewegen sich nicht mehr so stromlinienförmig, sondern flattern wie Fetzen vorbei, und ich weiß nicht mehr, wo die einzelnen Teile hingehören und wie sie zusammenhängen. Wer hat was nicht besser verdient?

Allmählich ballen sich die Wolken zusammen und werden immer dunkler und dichter. Wir haben nicht mehr die Kraft, uns gegenseitig zu trösten. Die geringste Abweichung von der Routine wirkt bedrohlich und verdächtig.

David hat sich plötzlich über die schlechten uralten Kabel

im Keller beklagt und sich geweigert, runterzugehen. Warum? überlegen sich die anderen sofort.

Bengt hat erzählt, er habe Bäume und Büsche auf seinem Grundstück gerodet. Plötzlich breitet sich eine peinliche Stille aus. Alle sehen ihn mit der Axt in der Hand vor sich.

Sam und Tom haben sich gestern gestritten und den ganzen Tag nicht mehr miteinander gesprochen. Das ist noch nie passiert. Die anderen beobachten sie ängstlich. Wußten sie etwas voneinander, was wir nicht ahnten?

Und Kerstin macht sich einen Spaß daraus, gehässige Anekdoten über Richard zu erzählen. Ihre Gefühle sind offenbar immer noch nicht zur Ruhe gekommen.

Stig ist seit dem Mord noch keinen Tag nüchtern gewesen, und ich bin es ehrlich gesagt leid, daß er mein Zimmer als Zufluchtsort betrachtet, und noch dazu als einen, in dem er rauchen darf. »Solche Glasverschläge haben sie auch im Stockholmer Funkhaus, da würd ich eigentlich hingehören ... aber man hat mir Steine in den Weg gelegt ...«, sagt er lallend. Damit stiehlt er mir die Zeit, und nicht zu knapp.

Ich wollte mir ein paar neue CDs mit nach Hause nehmen, um sie mir dort anzuhören, und habe sie in eine weiße Plastiktüte gelegt. Dann bin ins Erdgeschoß gegangen, um meinen Mantel anzuziehen. Malla lief mit einem Stapel Papiere in der Hand an mir vorbei und war offenbar auf dem Weg ins Nachrichtenstudio. Aber trotz ihrer Eile blieb sie wie angewurzelt neben mir stehen und starrte auf meine Tüte. Ich hörte sie so deutlich, daß es fast schmerzte:

... Eine solche Tüte, genau so eine ... Blut überall ... Und er sitzt da und sieht und hört alles, aber niemand weiß, was man von ihm halten soll ...

Malla ist mir gegenüber immer schon mißtrauisch gewesen. Es fällt den jungen Menschen häufig schwer, die Älteren vorbehaltlos an ihren Überlegungen teilhaben zu lassen. In mir sieht sie nur einen häßlichen älteren Mann, den sie nicht versteht. Das kann ich ihr nicht zum Vorwurf machen – in ihrer jungen Verletzlichkeit hat sie einen grausamen Schock erlitten. Ihr Widerwille löst in mir Wehmut aus, aber mehr auch nicht.

Hingegen quält es mich sehr, daß ich nicht weiß, wie ich mich in bezug auf Nils verhalten soll. Soll ich der Polizei erzählen, was ich über ihn weiß? Es hat bestimmt nichts mit der augenblicklichen Situation zu tun, das hoffe ich zumindest von ganzem Herzen. Immerhin habe ich Nils mit einer Plastiktüte gesehen, aber auch nicht zum ersten Mal, und außerdem weiß ich, was sich darin befindet. Er hat es mir erzählt, als wir einander eines Morgens überraschend begegneten und ich hinter sein Geheimnis kam. Anschließend saßen wir mehrere Tage in meinem Zimmer und spielten die Musik, die er liebt – Blues von Billie Holiday und Eartha Kitt und Bette Midler und David Bowie, für Uneingeweihte eine seltsame Mischung. Wenn sein Geheimnis auffliegen und in die falschen Hände geraten würde, dann würde er es nicht überleben.

Mir fällt auf, daß ich außer seinem noch weitere Geheimnisse kenne. Ich weiß, warum Bengt unter Schlaflosigkeit leidet, warum Stig zuviel trinkt und warum Kerstin nie die Kraft hatte, etwas an der Situation zu ändern, die sie als demütigend empfand. Kaum etwas in diesem Sender ist mir gänzlich neu. Bisher waren sich vermutlich die meisten sicher, daß ich meine Erkenntnisse nicht mißbrauche. Aber jetzt? Vielleicht glauben sie, daß ich weiß, wer Richards Lebenslicht ausblies? Daß ich dieses Geheimnis von meinem Glasverschlag aus ergründen konnte und den Mörder richten oder zumindest entlarven werde?

Was soll ich tun? Mich im Pausenraum aufbauen und rufen: »Ich weiß nichts, das berstende Geräusch hat die Zeit zerstört, hat für mich den ganzen Mordtag zerstört, ihr könnt ganz beruhigt sein!«

Aber ich überlege hin und her. Es ist spät, so lange bleibe ich sonst nie im Sender, aber irgendwie kommt es mir vor, als verliefe alles in meinem Glasverschlag in Zeitlupe. Im Erdgeschoß brennt schon kein Licht mehr, nur die Notbeleuchtung ist noch an und wirft große Schatten im Eingangsbereich. Die Sendungen aus diesem Haus sind für heute abgeschossen. Im Radio auf dem Empfangstresen läuft bereits der überregionale Sender P 4. Haben schon alle Feierabend gemacht? Ich meinte, gerade eine Bewegung im Erdgeschoß gehört oder genauer gesagt gespürt zu haben.

Ich muß nach unten gehen. Das splitternde Geräusch berstender Steine in meinem Hinterkopf nimmt wieder zu. Ich muß gehen. Ich muß.

Die Treppe hinunter. Es gibt noch Gedanken im Haus, die nicht mir gehören! Gedanken, die wie panische Ratten im Dunkeln hin und her flitzen.

... Muß die Ruhe bewahren. Ganz ruhig. Es darf nicht wieder vorkommen ... Es ist übrigens gar nicht passiert ... Und gewisse Dinge müssen einfach getan werden ...

Eine Bewegung irgendwo hinten bei der Toilettentür. Und dann die andere Tür. Zum Studio 2, zum blutigen Dunkel dort drinnen. Sie öffnet sich ...

Und mein Kopf wird von einem gewaltigen Krach erfüllt, einem blendenden Licht – und dann Dunkelheit.

Ein Eimer rosa Putzwasser

An: <jonas.mansson@norrlands.folkblad.se>
Von: <malla.vilhelm@radionordost.sr.se>

Der Mord bohrt sich wie ein rostiger Nagel in den Alltag, Jonas, anders kann ich das nicht beschreiben. Er hält alles fest, und alles bleibt daran hängen und zerreißt. Man hat das Gefühl, als würde eine allgemeine Blutvergiftung drohen. Wir können die Tat immer nur für kurze Momente vergessen, obwohl wir es die ganze Zeit versuchen. Wir scherzen mehr als sonst miteinander, aber wir wissen, welche Gedanken uns alle beschäftigen.

Ständig werden wir daran erinnert:

Eine Putzfirma schrubbte das Studio 2, ein weißer Eimer mit dunkelrosa Putzwasser stand neben der Tür ...

Eine Anzeige in »Radiotidningen«, kurzfristige Vertretung gesucht für eine Stelle, die überraschend frei geworden sei ...

Richards Stirnband, ein rotgelbes Schnupftuch mit Paisleymuster, auf der Hutablage in der Eingangshalle. Keiner wagt es auch nur zu berühren ...

Und dann dieses Grübeln über das Unmögliche. Etwas ist geschehen, obwohl es eigentlich nicht geschehen konnte. Gestern während der Kaffeepause hatten wir eine ordentlichen Auseinandersetzung über den »verschlossenen

Raum«, wir rissen dumme Witze, denn das ist die einzige Methode, sich diesem Thema zu nähern.

»Also …«, meinte Stig und räusperte sich. »Bei John Dickson Carr gibt es eine gute Story. Der Mörder hatte einen Block Trockeneis unter das Bett des Opfers gelegt, und als dieses sich auflöste, hatte das Opfer Mühe, Luft zu bekommen, stürzte auf ein Fenster zu, das der Mörder heimlich im voraus geöffnet hatte, fiel heraus und brach sich das Genick … Und in einer anderen Erzählung war die verschwundene Mordwaffe ein Dolch aus Eis, den jemand in einer Thermosflasche in die Sauna mitgenommen hatte und der anschließend schmolz …«

»Und was willst du damit sagen?« erkundigte sich Che säuerlich.

»Keinerlei Ähnlichkeiten mit dem Fall Richard. Schließlich war die Mordwaffe nicht zu übersehen! Die Frage ist nur, wie sich der Mörder in Luft auflösen konnte! Solltest du der Mörder sein, Stig, könnte ich mir vorstellen, daß du dich einfach in reinen Alkohol verwandelt hast und verdunstet bist!«

Stig sah gekränkt aus. »Jetzt wechseln wir das Thema!« sagte er und hob mit zitternden Händen seine Kaffeetasse. »Angenommen, der Mörder ist genauso ›verschwunden‹ wie in Chesterfields Pater-Brown-Geschichten? Da gibt es immer eine Person, die ›unsichtbar‹ ist. Man liest von ihr und denkt sich nichts dabei. Beispielsweise ein Briefträger, ein Kurier oder ein Kellner. Er verläßt den Tatort, und die Zeugen reagieren nicht, weil er nicht zählt.«

Che schnaubte verächtlich. Ihr Doppelkinn bebte. »Und wer hätte aus einem Studio, über dessen Tür ein rotes Lämpchen brannte, spazieren sollen, ohne daß jemand reagiert? Carina hätte auf jeden Fall protestiert, wenn während der Sendung Briefträger, Fensterputzer, Elektriker oder Kammerjäger aus- und eingegangen wären! Nein, der einzige, der uns vermutlich nicht weiter auffallen würde, wäre ein Tontechniker, denn wir hätten geglaubt, daß er mal eben einen Fehler behebt. Letzte Woche, als der Server überlastet war und immer wieder abstürzte, machten MaMa und Dave sich schließlich in jeder Sendung zu schaffen, daran hatten wir uns gewöhnt. Aber letzten Montag taten sie nichts dergleichen. MaMa war bei Statoil und Dave im Keller. Klar, wenn Dave in dem Augenblick aus dem Keller gekommen wäre, in dem Nils an der Treppe einen leichten epileptischen Anfall erlitten hätte und deswegen nicht bei Sinnen gewesen wäre und außerdem noch Carinas künstliche Wimpern verrutscht gewesen wären, so daß sie hätte blinzeln müssen, und wenn dann noch eine Fliege in Bengts Ohr geflogen wäre, so daß er nichts gehört hätte – ja dann, dann könnte es tatsächlich Dave gewesen sein! Um hinterher jedoch wieder aus dem Studio zu kommen, wären weitere Zufälle erforderlich gewesen!«

»Bei Quentin Patrick ...«, setzte Stig an, aber nun hatte Che genug.

»Hör endlich auf, mit den Namen von abgehalfterten Krimiautoren um dich zu schmeißen, Stig! Du machst das nur, damit wir dich für belesen halten, aber ich hatte immer schon den Verdacht, daß Krimis die einzige Literatur sind, die du je zur Kenntnis genommen hast. Nein, ich glaube, es war einer von uns! Und ihr solltet euch nicht so sicher sein, daß ich es nicht war, bloß weil man mich hier nicht gesehen hat! Ich könnte mich schon am Vorabend hier herumgetrieben haben, um irgendwie den Fensterriegel zu präparieren, und auf diesem Weg verschwunden sein! Manchmal glaube ich sogar selbst daran, weil ich Richard nicht ausstehen konnte!«

Bengt Hedning griff ein.

»Zwei Fensterriegel waren ordentlich von innen verschlossen, für sowas bist du zu dumm, meine Liebe, das kriegst du nicht hin! Ich erinnere nur daran, wie du vor einigen Tagen zwanzig Minuten lang erfolglos versucht hast, die Tasche des neuen Aufnahmegeräts zu verschließen! Außerdem wäre ein riesiger, verräterischer Abdruck im Schnee entstanden, wenn du aus dem Fenster gesprungen wärst! Nein, ich glaube, es war Haqvin, der die Axt ausschließlich mit mentaler Energie in Bewegung gesetzt hat! Und wenn das irgendwann einmal bewiesen ist, dann will ich derjenige sein, der mit der Neuigkeit an die Öffentlichkeit geht. Wir werden alles rausholen, ehe wir das Thema an die Wissenschaftsredaktion weiterreichen!«

Benke rauschte ab, um sich den neuesten Skandal bei der Stadtverwaltung vorzunehmen. Wir anderen zogen die Mäntel an, um auf Richards Begräbnis zu gehen. Was immer man über die modernen Intellektuellen sagen mag – und ich zähle uns Journalisten gerne dazu –, wir haben die Kleiderschränke voller Sachen, die sich für Beerdigungen eignen. Wir waren dem Anlaß angemessen schwarz gekleidet, als wir zum Friedhof fuhren. Alle außer Carina und Dave hatten sich angeschlossen.

Beim Begräbnis geschah nichts, was Du Dir nicht selbst ausmalen könntest. Der Akt allein ist ja schon tiefbetrüblich. Selbst einer so unerfreulichen Person wie Richard verlieh er eine gewisse Würde. Schaulustige blieben uns erspart, da die Bestattung nicht öffentlich angekündigt worden war. Es befanden sich fast nur Kollegen in der Kirche und natürlich MaMa. Das Paar Malmström scheint keinerlei Verwandtschaft zu haben, jedenfalls war niemand erschienen. Und auch keine Freunde außerhalb unseres Kreises – wie merkwürdig! Bei den beiden älteren Paaren handelte es sich offensichtlich um Nachbarn, und außerdem war der Abgesandte eines Automobilclubs da. Das war alles. Wir füllten nicht einmal zwei Bänke ganz vorn in der Kapelle.

Am Sarg sprach auch niemand. Es war ein sehr stilles Begräbnis – nicht einmal Nils sagte etwas, obwohl das alle erwartet hatten. Auch MaMa, die zwanzig Jahre mit Richard verheiratet gewesen war, schwieg und legte nur eine weiße Rose auf den Sarg. Sie war schön, fand ich, mit kreideweißem Gesicht ohne Make-up und großen blauen Schatten unter den Augen. Sie weinte nicht, aber ihre Augen waren mit Tränen gefüllt, die sie nicht wegtupfte. Kein Laut, kein Schluchzen kam über ihre Lippen. Sie drehte sich um und sah uns alle an. Ihr Blick wanderte die Bankreihen entlang und verharrte kurz bei jedem einzelnen von uns. Deutlich schien mir die Frage in der Luft zu hängen: Wer von euch hat meinen Mann getötet?

Che war die einzige, die offen weinte. Aber auch sie schluchzte nicht, sie jaulte regelrecht, es gibt kein anderes Wort dafür. MaMa setzte sich neben sie und legte ihr einen Arm um die Schultern.

Am Sonntag fuhr ich zu MaMa raus. Ich weiß nicht, ob das überhaupt korrekt war, aber ich konnte ihr schmales, weißes Gesicht nicht vergessen, auf dem die Tränen Spuren hinterlassen hatten. Sie empfing mich voller Wärme und Herzlichkeit, und ich verbrachte den ganzen Nachmittag dort. Das Anwesen Madeleinero liegt etwa zwanzig Kilometer außerhalb der Stadt an der ehemaligen Küstenstraße – seit in den fünfziger Jahren der Streckenverlauf geändert wurde, ist diese Landstraße fast vergessen und der Asphalt schadhaft.

Das Haus ist riesengroß, mit Sprossenfenstern, verzierten Glasveranden und Balkons, und alles von einer dicken Schneeschicht bedeckt. Es wurde von ihrem Großvater erbaut, einem schwerreichen Holzbaron der Jahrhundertwende. Wahrscheinlich lag es einmal in einem phantastischen Park, denn noch immer sind die Spuren eines Weihers vor der Freitreppe zu sehen, allerdings nur noch als Vertiefung im Schnee. Alles ist in einem traurigen Zustand, sogar ein so unpraktischer Mensch wie ich erkennt, daß überall die Farbe abblättert und daß der Zaun Schlagseite hat. Man kann sich Richard nicht mit einem Pinsel in der Hand vorstellen, aber wenn die Gerüchte stimmen, daß MaMa millionenschwer ist, dann hätte sie doch Leute dafür anstellen können? Ich war so dreist, sie danach zu fragen, als wir schließlich in aller Ruhe am Küchentisch saßen und einen phantastischen Auflauf mit Ziegenkäse, Oliven und Multebeeren aßen.

»Ich könnte es mir durchaus leisten, das Haus wieder instand setzen zu lassen«, sagte sie. »Aber fünfzehn der zwanzig Jahre, die wir verheiratet waren, wollten wir hier wegziehen. Wir sind viel herumgereist, waren ständig auf dem Sprung. Es war uns irgendwie nicht so wichtig, das große Haus in Schuß zu halten. Für wen auch? Kinder haben wir keine, und ich habe auch keine Geschwister, meine Eltern starben früh. Und Richard – ja, der hatte wohl noch einen Bruder irgendwo im Süden, aber mit dem war er seit vielen Jahren zerstritten. Vermutlich war es ein Fehler, das Haus nicht zu verkaufen und in ein kleineres zu ziehen, aber schließlich bin ich hier aufgewachsen, jeder Kronleuchter und jeder Topflappen hat sentimentalen Wert. Vielleicht hängt man sein Herz eher an Gegenstände, wenn man keinen Menschen mehr hat. Ich hatte nur Richard, und außer ihm niemanden. Und dann natürlich noch meine Hühner und Kaninchen und außerdem ein paar Schafe.« Sie lachte traurig.

Der Wind pfiff um die Ecken des großen Hauses. Es knarrte überall wie in einem alten Schiff auf See, und mehr als vierzehn Grad können es drinnen nicht gewesen sein. MaMa entschuldigte sich und ging in den Keller, um Brennholz nachzulegen.

Mir war der Gedanke unheimlich, daß sie hier draußen

nun ganz allein wohnte. Bei der Hausbesichtigung hatte ich den Eindruck gewonnen, als hätten sie nur einige Zimmer im Gebrauch gehabt. Manche Räume wurden gar nicht beheizt, und im Obergeschoß standen ein paar Zimmer vollkommen leer. Die Malmströms schienen vorwiegend im Erdgeschoß gelebt zu haben. Hier lag Richards großes Zimmer mit Aussicht aufs Wasser. Es war mit bequemen Sesseln aus braunem Leder, einer kühnen Regalkonstruktion aus Birkenbrettern und echten Perserteppichen sehr elegant eingerichtet. Ein riesiger funkelnagelneuer Computer thronte auf einem Stahlrohrschreibtisch. Mir fiel auf, daß dort auch ein Bett mit einem Fellüberwurf stand. Hatten sie getrennte Schlafzimmer gehabt?

MaMa folgte meinem Blick. »Richard hat an einem Buch geschrieben!« sagte sie stolz. »Deswegen schlief er manchmal hier unten. Er hatte bereits mehrere Monate daran gearbeitet. Oh, er versprach sich soviel davon! Es sollte von der Realität hinter der journalistischen Arbeit handeln. Er verfüge über hochexplosives Material, sagte er. Er rechnete damit, es sich mit dem einen oder anderen zu verderben, aber das müsse man in Kauf nehmen, fand er. Er kannte keine Angst!«

Aber nur, wenn es darum ging, anderen Leuten das Leben schwer zu machen, dachte ich. Vielleicht hätte er lieber Angst haben sollen? Hatte einer seiner Kollegen geahnt, daß er vorhatte, ihn lächerlich zu machen, und diesem Projekt ein für allemal ein Ende bereitet? Der harmlose Nisse, Stig mit den zittrigen Händen, die wegen ihrer überflüssigen Kilos schweratmige Che, Haqvin der Reglose im Glasverschlag, ganz zu schweigen von Benke Hedning – es ist durchaus denkbar, daß sie irgendwelche trivialen, schmutzigen Geheimnisse haben, die ihnen selbst gigantisch vorkommen, aber ich traue ihnen keinen Mord zu. Weder die Raserei, die vonnöten war, um die Axt zu schwingen, noch die unendliche List, mit der die Tat auf unerklärliche Art geplant wurde.

Ich ließ diesen Gedanken bis auf weiteres auf sich beruhen. MaMa zeigte mir das Schlafzimmer, einen femininen Raum mit grünem Kachelofen, schönen Vorhängen und einem großen Doppelbett mit einer Flickendecke. Warum beschlich mich das Gefühl, daß sie dort schon lange alleine schlief? Ich konnte sie nicht fragen.

Dann wurde es wirklich anstrengend. MaMa schleppte Fotoalben herbei, sicher zehn Stück, alle mit Bildern von ihr und Richard aus den letzten zwanzig Jahren. Wie unglaublich gutaussehend Richard auch in jungen Jahren gewesen war. Damals hatte er die Haare halblang getragen, lockig und kohlrabenschwarz. Eine Zeitlang hatte er sich einen riesigen Bart stehen lassen, der einem Lust machte, die Nase darin zu vergraben. Er sah aus wie der Typ des edlen Wilden: breitschultrig und groß, stets in den schlichten Kleidern eines Landjunkers, die jedoch teuer und maßgeschneidert wirkten. MaMa sah süß aus, wirkte aber ziemlich schüchtern. Immer bewegte sie sich gerade aus dem Bild heraus oder hatte das Gesicht abgewandt, wenn sie nicht gerade Richard zu Füßen lag und ihn bewundernd anlächelte.

Eine ganze Serie von Bildern stammte aus anderen Ländern, aus Griechenland, Südfrankreich und von den britischen Inseln. Mir fiel auf, daß MaMa auf keinem einzigen dieser Bilder zu sehen war. Offensichtlich hatte sie ein Interesse daran, Bilder von ihm zu machen, und nicht umgekehrt. Man hatte den Eindruck, Richard sei allein gereist, hätte sich ab und zu vor einer Kamera mit Selbstauslöser aufgebaut und schöne Bilder gemacht. Richard im Gegenlicht an irgendeiner griechischen Steilküste, den muskulösen, braungebrannten Körper mit der behaarten Brust an einem Strand ausgestreckt.

Ganz offensichtlich hatte diese Ehe aus zwei Personen bestanden, die gleichermaßen unsterblich in Richard verliebt gewesen waren …

Am glücklichsten sah MaMa auf jenen Bildern aus, die sie mit ihren Hühnern und Kaninchen zeigten. Sie lachte den Fotografen an, während das Huhn in ihren Armen widerwillig mit den Flügeln flatterte.

Kaum ein Foto zeigte andere Menschen. Ein Bild, das an einem Sommertag vor dem Haus aufgenommen war, zeigte eine zarte Frau, die im Bikini auf einer Decke lag. Ihr blondes Haar verdeckte das halbe Gesicht, doch mit halbgeschlossenen Augen lugte sie keß hinter dem Haarschwall hervor. Ein rätselhaftes Lächeln umspielte ihre perlweißen Zähne. Wer war sie?

MaMa seufzte leise und lächelte, fast ein wenig verärgert.

»Erkennst du Che nicht? Sie hat einen Sommer lang bei uns gewohnt.«

Auf einem anderen Foto saßen die Kollegen Hedning, Nisse-Boß und Stig mit zwei Frauen, die ich nicht kannte, um einen gedeckten Tisch. Alle waren mindestens fünfzehn Jahre jünger. Mich amüsierten die Frisuren und Kleider. MaMa stand an der Schmalseite des Tisches und lächelte strahlend. Sie trug eine Schürze und hielt eine riesige Platte in den Händen. Richard war auf dem Bild nicht zu sehen.

Nachdem wir – wie mir schien – mehrere Stunden lang in diesen Erinnerungen geschwelgt hatten, setzten wir uns vor das schon nicht mehr so stark lodernde Feuer im Salon und tranken Kaffee. MaMa starrte in die letzten Flammen.

»Weißt du, was mich am meisten bekümmert?« fragte sie. Nur mühsam kam ihr diese Frage über die Lippen. »Daß gerade in den letzten Tagen zwischen Richard und mir etwas geschah. Eine Veränderung. Er ist wieder zu mir zurückgekommen. Natürlich weiß ich, daß er sich anderweitig vergnügte. Das war wie ein … na ja … wie ein

Hobby unter vielen, neben seinem Interesse an amerikanischen Krimis aus den dreißiger Jahren und seinem Motorrad. Wenn er Affären hatte, dann vereinnahmten sie ihn gänzlich, aber er ermüdete rasch. Auch hinterher verlor er kein Wort darüber, sondern setzte einfach sein altgewohntes Leben fort. Für gewöhnlich merkte ich es daran, daß er abends immer öfter zu Hause blieb. Die jüngste Affäre dauerte wohl etwas länger als sonst – vielleicht lag es daran, daß er sie für die letzte hielt? Schließlich war er schon über fünfzig ... letzten Samstag und Sonntag war er so ... ich weiß nicht ...« Sie lächelte wehmütig. »Er behandelte mich, als sei ich das neueste Modell einer Harley-Davidson ... Ich dachte, daß es mit seinen Erkundungen vielleicht ein Ende habe, daß er sich endgültig dafür entschieden habe, wo er hingehöre. Das mag pathetisch klingen ... aber du hast doch auch gehört, wie er mit mir sprach? Du weißt schon, unmittelbar vor ...« Sie unterbrach sich und stocherte mit einem altertümlichen Schürhaken im Feuer.

Der Sonntag vor Richards Tod? Da hatte ich ihn zusammen mit Carina im Auto gesehen, und es hatte nicht den Anschein gehabt, als sei er gerade drauf und dran gewesen, »nach Hause« zurückzukehren. Aber vielleicht hatte es sich ja um die Dankes- und Abschiedsvorstellung gehandelt, obwohl Carina es offenbar nicht so aufgefaßt hatte?

Es wurde still. Ich zuckte jedesmal zusammen, wenn es im Feuer knackte oder wenn die Treppe knarrte. Ich hätte schwören können, daß wir nicht allein im Haus waren.

»Aber Maria«, traute ich mich schließlich. »Du kannst doch hier nicht ganz alleine wohnen! Hast du denn keine Angst? Mir kommt es vor, als schliche die ganze Zeit jemand hinter meinem Rücken herum. Ich würde es hier nicht eine Nacht aushalten!«

Es dauerte eine ganze Weile, bis sie antwortete. Dann erwiderte sie gelassen: »Ich bin hier nicht allein. Meine Eltern sind hier. Und auch Richard ist hier, überall. Siehst du ihn denn nicht?« Sie lächelte mich traurig an. Gerade in diesem Augenblick glitt ein Schatten über die Wand, und mir wurde eiskalt. Ich starrte sie an.

»Ja, er ist in fast allen Räumen«, murmelte sie. »Nicht im Nähzimmer und nur selten im Gästezimmer oder in den begehbaren Schränken im Obergeschoß. Aber in allen anderen Zimmern. Vor allem natürlich in seinem eigenen. Dort sitze ich oft abends.«

»Willst du damit sagen, daß die Erinnerung an ihn so stark ist?« fragte ich mit heiserer Stimme.

»Aber nein«, erwiderte sie mit ruhiger, sachlicher Stimme. »Er hält sich wirklich hier auf.«

Jonas, ich habe keine Ahnung, was sie damit meinte. Ich erhob mich so rasch, daß ich mit einem Sekretär zusammenstieß und eine Kristallvase umwarf. Während MaMa nachsichtig die Scherben aufkehrte und meinte, daß das wirklich keine Rolle spiele, wählte ich mit zitternden Fingern auf meinem Handy die Nummer des Taxis.

/senden/

Eine Ladung Salzschrot in den Hintern

Nordöstra Sveriges Tidningar, Dienstag, den 14. Februar, Zeitungsausschnitt der ersten Seite, per Fax an Jonas Månsson, Redakteur von Norrlands Folkblad:

NEUER MORDVERSUCH BEI RADIO NORDOST?

Nach dem aufsehenerregenden Mord an dem beliebten Radiomoderator Richard Malmström letzten Montag herrscht unter den übrigen Mitarbeitern von Radio Nordost blankes Entsetzen. Hat der Mörder gestern abend versucht, ein weiteres Mal zuzuschlagen?

Um 20.05 Uhr fand ein Wachmann auf seinem Rundgang den Musikredakteur Haqvin Storfjell bewußtlos im Eingangsbereich des Funkhauses von Radio Nordost. Er wies keine sichtbaren Verletzungen auf, wirkte aber sehr verwirrt. Storfjell wurde ins Krankenhaus eingeliefert, wo er sich bis auf weiteres zur Beobachtung befindet.

Nichts deutet auf einen Einbruch ins Funkhaus hin, was den Verdacht erhärtet, daß einer der Mitarbeiter des Senders, der über Schlüssel zu den Türen und zur Alarmanlage verfügt, den Angriff auf Musikredakteur Storfjell begangen haben könnte. Die Polizei wird im Verlauf des Tages alle Mitarbeiter des Senders verhören.

Carl Östen Ohlin

(das Bild neben seinem Namen größer als bisher)

Abschrift einer aufgeregten Diskussion im Pausenraum von Radio Nordost, Dienstag, den 14. Februar, 9.30 Uhr. Aufgenommen und kommentiert von Malla Vilhelmsson:
»Überfall auf Redakteur Storfjell! Was kostet es, diesem Ohlin eine Ladung Salzschrot in den Hintern zu jagen?« Bengt Hedning fuchtelte mit der Gabel in Nils Boströms Richtung. »Du kennst dich doch mit den Gesetzen aus, Nils! Deswegen muß man doch verdammt noch mal Anzeige erstatten können! Hier wissen alle, daß Haqvin an Epilepsie leidet, obwohl er selbst es offensichtlich zu verdrängen sucht. Schließlich fällt er nicht zum ersten Mal mit Schaum vor dem Mund um! Daher haben wir ihn ja auch keine Direktsendungen mehr machen lassen und ihn auf den Posten des Musikredakteurs gesetzt!«

»Und aus diesem Grund haben wir ihm auch das Zimmer mit den Glaswänden gebaut.« Nisse-Boß seufzte. »Damit man ihn bei einem Anfall schneller findet. Aber jetzt ist schon lange nichts mehr passiert. Ich begreife nur nicht, woher dieser Ohlin die Informationen hat. Und so schnell! Die Polizei muß doch auch recht umgehend erfahren haben, daß es ein epileptischer Anfall war. Und das Personal im Krankenhaus hat Schweigepflicht!«

»Ohlins Cousin ist bei der Securitas!« sagte Sam, der neugierig ist und mit seinen Luchsaugen immer Ausschau nach verborgenen Beziehungen und Zusammenhängen hält. Tom hingegen ist eher relaxed und nimmt das Leben, wie es kommt. Die beiden Kämpfer für die sexuelle Gleichberechtigung sind mittlerweile zurück aus dem eisigen Wald und versuchen ihre Euphorie über die geglückte Aktion in Mörtsele (sie waren ganze fünf Sekunden in den Abendnachrichten zu sehen) mit angemessener Trauer über Richards Ableben in Einklang zu bringen. Das gelingt ihnen allerdings nicht sonderlich gut.

»Nordöstran muß natürlich die Behauptung über einen

Überfall zurücknehmen. Aber das spielt keine Rolle, die Story hat bereits ein Eigenleben entwickelt«, sagte Nisse-Boß. »Inzwischen sind wir offiziell alle miteinander potentielle Gewaltverbrecher. Rechnet schon mal damit, daß euch die Leute bei Konsum schief anschauen und die Abendzeitungen aus dem Süden um halb fünf Uhr morgens bei euch anrufen. Ich hatte heute nacht einen solchen Anruf. Die haben vermutlich alle irgendwelche Cousins in der Gegend.«

Stig seufzte tief, so tief, daß es auch auf dem Band zu hören ist. (Dagegen registriert das Band nicht den alkoholgesättigten Odem, der dabei ausgestoßen wird.)

»Die Frage ist, was er so spät am Abend noch im Sender zu suchen hatte«, meinte er. »Haqvin ist sonst immer pünktlich wie ein Uhrwerk. Punkt fünf geht er normalerweise nach Hause. Eigentlich habe ich gar keine Lust, darüber nachzudenken. Aber vielleicht weiß er mehr als wir. Hat er wohl eine Vision gehabt, was glaubt ihr?«

Stig wirkte nervös. Ganz sicher konnte man sich jedoch nicht sein. Schließlich zittert er aus unterschiedlichsten Gründen.

»Ich war auch recht spät noch hier!« sagte Tom. »Ich wollte gern wissen, wie unsere Interviews geworden sind, und mußte das Studio 2 benutzen, weil jemand in der Eins war. Gegen sieben haben Haqvin und ich uns eine Weile über eine Opernaufführung in Göteborg unterhalten. Ich erinnere mich noch, daß er gesagt hat: ›Liebe und Haß sind so nah verwandte Gefühle, daß man sie manchmal kaum unterscheiden kann. Beide können gleichermaßen fürchterliche Konsequenzen haben.‹ Ich habe geglaubt, er spräche über den Othello, aber wer weiß?«

»Hat er nicht erklärt, weshalb er da war?« sagte Nils.

Sam schaute erst weg und dann auf seine Fingernägel.

»Doch«, gab er zu. »Er sagte, er hätte was mit dir zu besprechen ...«

»Mit mir?« Nils hustete angestrengt. »Ach ... natürlich, wir wollten darüber sprechen, wo wir das Plattenarchiv unterbringen könnten! Das hatte ich in der Tat vergessen! Ich war ja nicht mal hier!«

Es klang wenig überzeugend. Alle sahen verlegen zur Seite.

»Aber wer saß dann in Studio 1?« wollte Che wissen, die einen geschärften Blick für erklärungsbedürftige Absonderlichkeiten hatte.

»Ich war's jedenfalls nicht!« meinte Carina zufrieden. »Ich lag gerade im Jacuzzi. Wißt ihr, daß Dave mir einen Jacuzzi gekauft hat? Zwar auf Raten, aber immerhin! Der ist so schööön. Ich lieg da den ganzen Abend drin!«

Zufrieden sah sie in die Runde. Sie scheint erstaunlich schnell über alles hinweggekommen zu sein, aber ganz sicher kann man sich da nicht sein – Carina ist alles andere als so naiv, wie sie aussieht. Sie scheint es eher für eine weibliche Waffe zu halten, das Babe zu spielen. Passend zu den Strähnchen im Haar und den verlängerten Fingernägeln mit den aufgeklebten Glitzersteinchen. Da kann ich noch so alt werden, aus Carina werde ich nie schlau.

Immer wieder erzählt sie allen, daß Dave ihr einen Jacuzzi gekauft habe und wie sehr sich das für ihn auch gelohnt habe. (In Gestalt einer frisch massierten Wassernymphe, rosig und warm, die sich jeden Abend in seine Arme fallen läßt.) Es sei ihm gegönnt, finden alle.

»Ich war's auch nicht!« sagte ich. »In der Eins, meine ich. Obwohl es besser gewesen wäre, denn bei mir ist viel Arbeit liegengeblieben. Deswegen werde ich heute abend länger bleiben. Ist dann von euch auch jemand da? Ich bin nicht gerade scharf drauf, allein hier zu sitzen ...«

»Ruf Ohlin an!« meinte Tom. »Er hat sicher überhaupt nichts dagegen, in der Eingangshalle Posten zu beziehen! Ansonsten könnte auch ich heute abend kommen, ich bin gestern nicht fertig geworden. Und ich habe Che sagen hören, daß sie den Zeitverlust wieder reinarbeiten muß. Ich hole was vom Inder, und dann können wir gegen sechs essen!«

Benke hatte schweigend dabeigesessen und uns mit gerunzelter Stirn angesehen. Plötzlich schaute er auf die Uhr, stand auf und stürzte regelrecht aus dem Pausenraum.

Und jetzt werde ich Dir erzählen, was ich aus einem Impuls heraus tat.

Die Aufnahme aus dem Pausenraum ist hier zu Ende. Denn ich packte das Tonband ein und folgte Benke. Ich glaube nicht, daß er den Sender aus dienstlichen Gründen verlassen wollte, denn er unterrichtet uns immer genauestens darüber, was er gerade vorhat, um nicht zu sagen, daß er sich immer lang und breit über seine Enthüllungen ausläßt. Nun aber schlich er leise davon, und auch seine Haltung wirkte ungewöhnlich. Benke Hedning ist ein großer Mann, der normalerweise jeden Millimeter seiner Größe maximal ausnutzt. Wenn er ein Zimmer betritt, drängt er selbstverständlich sofort alle an den Rand. Es sah ihm gar nicht ähnlich, mit hängenden Schultern und gesenktem Blick herumzuschleichen.

Ich verharrte vor dem Schwarzen Brett und tat so, als läse ich, während Benke sich in seine komplizierten wasserabweisenden Kleidungsstücke wickelte. Er will gerne den Eindruck erwecken, ein Naturbursche zu sein, da er schon fast auf dem Land lebt ... Dann griff er sich eine Mappe mit Papieren und stakste mit langen Schritten Richtung Zentrum. Er benutzt nie seinen Wagen, da es, wie er behauptet, mindestens fünfzehn Kronen kostet, dort unten zu parken. Ich eilte ihm hinterher.

Benke drängte sich durch die Menschenmassen auf der Hauptstraße, die auf dem Weg zum Mittagessen waren, und blieb vor der Hauptgeschäftsstelle der Sparkasse stehen. Eine Weile lang wippte er mit den Sohlen auf und ab und tat so, als würde er sich die riesigen Reklameplakate für Aktienfonds ansehen, aber ich hatte den Verdacht, daß er sich nur vergewissern wollte, daß er beim Betreten der Bank unbeobachtet bleiben würde. Ich ließ ein paar Minuten verstreichen und folgte ihm dann in die Schalterhalle. Der Vorteil meines alltäglichen Äußeren ist, daß man sich recht ungehindert unter die Leute mischen kann. (Auf die Nachteile brauchen wir hier und jetzt nicht einzugehen.)

Um den Schein zu wahren, zog ich eine Nummer – für den Schalter zum Geldwechseln, wie sich herausstellte – und nahm in einem Stuhl mit hoher Rückenlehne Platz. Ab und zu lugte ich vorsichtig zu Benke hinüber. Nach zwanzig Minuten war er immer noch nicht zum Zug gekommen. Ich kam mir dumm vor und beschloß, mich zurückzuziehen.

Gerade in diesem Moment kam er endlich an die Reihe. Seine Nummer leuchtete neben dem Schild »Kreditberatung« auf. Er nahm vor einem Schreibtisch Platz, an dem bereits der Sachbearbeiter saß, und dann begann ein Film, zu dem ich mir mühelos die Untertitel vorstellen konnte.

Benke zerrte ein Papier nach dem anderen aus seiner Mappe und zeigte flehend darauf. (»Schauen Sie! Die sind doch alle Gold wert!«) Der Sachbearbeiter schüttelte den Kopf. (»Nein, beim besten Willen nicht!«) Benke schlug mit der Faust auf seine Mappe. (»Sie machen da einen groben Fehler, Herr Bankvorsteher!«) Der Sachbearbeiter hob abwehrend beide Hände. (»Aber dann lassen Sie doch wenigstens Milde walten!«) Der Sachbearbeiter schüttelte immer wieder den Kopf, als leide er an Parkinson. Es war nicht zu übersehen, daß es nicht ihre erste Begegnung war und daß die Positionen früher bereits ähnlich verteilt gewesen waren. Ich kam mir vor wie eine Voyeurin.

Nach zehn Minuten war die Unterredung vorbei. Benkes Schultern hingen mehr denn je zuvor, und auf dem Weg nach draußen hielt er inne und studierte die Immobilienangebote. Er besaß bereits ein Haus – offenbar erwog er, es zu verkaufen. Langsam ging er die Hauptstraße entlang in Richtung Radio Nordost. Vor jedem Schild, auf dem »Schlußverkauf«, »Sonderpreis« oder »Räumungsverkauf« stand, blieb er stehen und dachte nach.

Der Bursche hatte kein Geld, aber wie pleite war er eigentlich? Und warum? Hatte das irgendeinen Zusammenhang mit dem Mord an Richard?

Kurz vor seiner Rückkehr saß ich wieder an meinem Schreibtisch, aber obwohl er selbst mehrere Stunden blau gemacht hatte (und deswegen nicht wissen konnte, daß ich dasselbe getan hatte), besaß er die Frechheit, mich anzubrüllen, ich sei faul und desinteressiert. Er war miserabler Laune, und ich konnte mir in diesem Augenblick mühelos vorstellen, daß es ratsam wäre, ihm aus dem Weg zu gehen, wenn er einen stumpfen Gegenstand in Händen hielt. Oder eine Axt.

Gegen vier Uhr sah ich ihn mit Che ins Nachrichtenkabuff gehen. Diese Gelegenheit durfte ich mir nicht entgehen lassen! Ich schlich mich in den Senderegieraum und schaltete das Mikro auf dem Tisch im Nachrichtenstudio ein. Dann setzte ich den Kopfhörer auf, lauschte und schob ab und zu ein paar Regler hin und her, um den Eindruck zu erwecken, ich sei bei der Arbeit, falls mich die beiden zufällig durchs Fenster entdecken sollten. Che hätte es eigentlich besser wissen müssen, wenn man bedenkt, was einst geschehen war, als sie sich Richard in einem Moment der Leidenschaft hingab. Aber Che und Bengt sprachen nur leise und eindringlich miteinander.

»Che, meine Liebe, kannst du uns vielleicht Geld leihen? Ich bräuchte eine größere Summe auf zwei Monate. Ich verpfände das Haus, damit du es auch wirklich pünktlich zurückbekommst. Du hast doch sicher was auf der hohen Kante, was du für eine kürzere Zeit verleihen könntest?«

»Benke, du machst jetzt schon seit Jahren schlechte Geschäfte. Ich wäre verrückt, wenn ich dir was leihen würde! Was ist eigentlich los?«

Schweigen. Benke nahm mehrere Male Anlauf, verstummte aber immer wieder. Schließlich sagte er mit einer Stimme, die so beißend war, daß vermutlich noch mehrere Häuserblocks entfernt die Topfpflanzen eingegangen sind:

»Ich bin mal wieder auf diesen verdammten Richard reingefallen. Er schien sich so verdammt gut mit Aktien auszukennen und deutete an, daß er MaMas immer leerer werdende Kasse (du weißt schon, ihr Erbe) aufgefüllt habe, so daß sie jetzt wieder im Geld schwimme. Und selbst war er ja auch nicht gerade sparsam. Von den Banken bekomme man nie irgendwelche brauchbaren Tips, meinte er. Sobald die was wirklich Gutes wüßten, behielten sie es für sich. Den Kunden würden sie nur die abgenagten Knochen hinwerfen. Hat er gesagt.

Ich saß einen ganzen Abend hier und versuchte irgendwelche Tips aus ihm rauszuleiern, denn ich hatte gerade siebenundfünfzigtausend Kronen über, die ich erst zur Hauptrate im nächsten Monat brauchte. Er wolle niemandem einen Rat geben, sagte er, aber gleichzeitig erzählte er beiläufig, daß sein Bruder, der Banker in Malmö ist, sein halbes Vermögen in ein schwedisch-russisches Joint-Venture-Projekt investiert habe.

Ich will lieber keinen Namen nennen, denn dann würdest du nur denken, daß ich ein noch größerer Idiot bin. Es war nämlich einiges darüber in der Zeitung zu lesen, der Haupttäter bekam drei Jahre. Tja, ich habe die siebenundfünfzig Riesen verschenkt. Natürlich ging ich davon aus, daß Richard ebenfalls Geld verloren habe. Von wegen! Als bekannt wurde, daß das Ganze ein Riesenbluff war, fragte ich ihn sofort, was aus seinem Geld und dem seines Bruders geworden sei. Er erwiderte nur lächelnd, daß er sich an so etwas nie die Finger verbrennen würde. Er habe in Nokia-Aktien investiert und seinen Einsatz in einem Jahr verdreifacht. Sein Bruder sei zwar bei der Bank, aber sie hätten schon seit Jahren keinen Kontakt mehr, behauptet MaMa.

Alles war von vorne bis hinten erstunken und erlogen, und ich konnte ihm das ansehen, ich spürte ganz deutlich, verstehst du, daß er sehr gut wußte, daß er mich an der Nase herumgeführt hat. Und jetzt ist vielleicht das Haus weg!«

»Aber Benke! Wie willst du das Geld denn jemals zurückzahlen? Hab Erbarmen! Du weißt doch, daß ich nur schwer jemandem etwas abschlagen kann!«

Benke wurde plötzlich ganz eifrig.

»Aber da ist doch diese Stelle als Programmdirektor. Jetzt kriege ich sie ganz sicher. Dann verdiene ich viertausend mehr im Monat! Es wird zwar eine Weile dauern, aber ich erhole mich wieder.«

»Du meinst, jetzt wo Richard nicht mehr mit dir um die Stelle konkurriert?«

Langes Schweigen.

»Ja«, murmelte Bengt Hedning schließlich.

Politische Hintergründe?

Nordöstra Sveriges Dagblad (konservativ),
Mittwoch, den 15. Februar:

HANDELTE ES SICH BEI DEM MORD UM POLITISCHE RACHE? Die Polizei hat bereits von Anfang an mit der These gearbeitet, daß einer der Angestellten von Radio Nordost die Tat entweder allein begangen oder Komplizen ins Funkhaus gelassen hat. Informanten, die auch der Nordöstra bekannt sind, wissen zu berichten, daß mehrere Mitarbeiter früher der radikalen Linken angehörten. In den siebziger Jahren und zu Beginn der achtziger waren sie politisch aktiv, pflegten möglicherweise jedoch auch Kontakte zu extremen politischen Bewegungen terroristischer Art.

Eine der Angestellten unternahm in den Jahren 1976–78 wiederholt Reisen nach Irland und könnte dort Kontakte zur irischen Terrororganisation IRA geknüpft haben. Eine dieser Reisen unternahm sie, kurz bevor ein Streifenwagen der englischen Militärpolizei in die Luft gesprengt wurde. Fünf britische Soldaten kamen ums Leben. Soweit bekannt, hat die schwedische Polizei diesen Zusammenhang bisher noch nicht untersucht. Richard Malmström sympathisierte wie viele andere Ende der siebziger Jahre mit der Linken, zu einer Zeit, als Stalin von der extremen Linken noch offen verehrt wurde. Wußte er zuviel?

Aftonbladet, Donnerstag, den 16. Februar:

EINER DER VERDÄCHTIGEN VON RADIO NORDOST IST EIN VORBESTRAFTER GEWALTTÄTER!

Einer der Mitarbeiter von Radio Nordost, die des Mordes an Richard Malmström verdächtigt werden, ist bereits wegen Körperverletzung vorbestraft. Bei einem Konzert in einem Dorf bei Böleå überfiel und mißhandelte er einen Musiker der Band »Saturday Night Stompers«. Der Angriff kam überraschend, und ihm war keinerlei Provokation vorausgegangen:

»Ich hatte den Mann noch nie gesehen!« sagt der betroffene Musiker auf Nachfrage von Aftonbladet. »Der Angreifer war wahrscheinlich nicht mehr ganz nüchtern, aber soweit ich weiß, gab es keinen Anlaß für eine Meinungsverschiedenheit.«

Aftonbladet fragt heute: Hat Sveriges Radio jegliche Kontrolle über seine Mitarbeiter verloren? Wie kann es einem stadtbekannten Schläger möglich sein, ausgerechnet in den Medien Fuß zu fassen, die bei politischen Unruhen doch eine besonders wichtige politische Funktion zu erfüllen haben?

Expressen, Donnerstag, den 16. Februar:

WER IST DIE MYSTERIÖSE FRAU IN DER NORDOST-AFFÄRE?

Die Bewohner des Viertels, in dem das Funkhaus von Radio Nordost liegt, haben mehrmals eine geheimnisvolle Frau beobachtet, die das Gebäude mit Hilfe eines Schlüssels durch die Kellertür betrat, häufig frühmorgens, noch ehe die Sendungen des Tages begonnen hatten. Sie sei stark geschminkt gewesen und habe Stiefel mit auffällig hohen Absätzen getragen, dazu einen kurzen weißen Pelz und manchmal (ungeachtet der niedrigen Temperaturen) sogar Netzstrümpfe. Wer ist sie? Hat einer der Angestellten eine Affäre und nutzt seinen Arbeitsplatz für heimliche Rendezvous? Handelt es sich bei ihr um eine der Prostituierten aus Osteuropa, die in den letzten Jahren über Finnland nach Schweden gelangt sind? Doch weshalb kommt sie dann morgens in den Sender? Wäre es nicht näherliegend, wenn der unbekannte Radiomitarbeiter die Nacht mit ihr dort verbringen und sie das Gebäude in der Morgendämmerung verlassen würde? Hat sie etwas mit dem Mord an Richard Malmström zu tun?

Nachrichten auf TV 3, Donnerstag, den 16. Februar:
»Neuerdings fragt sich die Polizei in Böleå, ob der Radiomoderator Richard Malmström von Mitgliedern der russischen Mafia erschlagen worden sein könnte. Möglicherweise sind ihnen aber die Bombenleger der IRA zuvorgekommen. Vielleicht wurden sie vom aktenkundigen Schläger unterstützt, der beim Sender angestellt ist.«

Aktenkundiger Schläger wittert Morgenluft

Malla Vilhelmssons Tagebuch, Sonntagabend:
»Ganz ehrlich, wer braucht schon ›Aftonbladet‹?« meint Dave. Es ärgert ihn, von dieser Zeitung als »aktenkundiger Schläger« tituliert worden zu sein, doch er trägt die Verunglimpfung mit Fassung. Alle seine Freunde und Bekannten wissen, daß die Körperverletzung darin bestand, daß er eine E-Gitarre unter Strom gesetzt hat. Einige ärgern sich mit ihm, andere finden es recht unterhaltsam, daß über ihn soviel in der Zeitung steht.

Dave legt sich im Flur auf die Lauer, springt dann hervor und brüllt bedrohlich. Kommt man vorbei, spielt er den Schläger. Er geht mir inzwischen ganz schön auf den Keks, muß ich sagen. Sooo lustig ist es auch wieder nicht, mit einer Krokodilklemme in den Hintern gekniffen zu werden. Eigentlich scheint ihn nur zu stören, daß sich die Polizei kaum für ihn interessiert.

Eigentümlicherweise hat sich Carina jetzt neu in ihn verliebt! Sie kichert begeistert, wenn er seine »Schläger«-Seite an den Tag legt. Gestern packte er sie, legte sie über die Schulter und galoppierte mit ihr durch die Eingangshalle, während sie wie eine orgiastische Autohupe quietschte. Außerdem prahlt er ständig damit, daß er vorhat, für einen ordentlichen Batzen Geld ein Exklusivinterview zu geben. »Die werden sich noch um mich prügeln!« sagt er zufrieden.

Die Nachricht in der »Expressen« über die Frau in den Netzstrümpfen schlug wie eine Bombe ein. Frau Grimmig und ihr Fußvolk waren gestern den ganzen Tag hier und haben uns deswegen verhört. Schon bald ging uns auf, daß Bengt Hedning und Nisse-Boß die schlechtesten Karten haben. Die beiden können keine üppigen Russinnen ins heimatliche Reihenhaus schleppen, während sich die Singles Stig und Haqvin, wenn sie es wollen, in ihren vier Wänden einen ganzen Harem halten können. Daß Carina Dave so ein Spielzeug erlauben würde, glaubt auch niemand, und Sam und Tom kommen ebenfalls nicht in Frage. Das Ganze ist ein Rätsel. Ich kann mir weder den Choleriker Benke noch den Warmduscher Nisse als schmierigen Freier vorstellen. Benke kann es sich außerdem finanziell nicht leisten – und Nisse würde sich vermutlich nie auf ein Geschäft einlassen, für das er keine Rechnung bekommt, die er von der Steuer absetzen kann.

Hingegen könnte ich mir mühelos vorstellen, daß Richard sich über die Kurzwahltaste seines Handys was Blondes zum Zeitvertreib kommen ließ, wenn ihm gerade danach war. Und zwar eine, die ihm jahraus, jahrein Gratisvorstellungen gab, weil sie glaubte, daß er sie irgendwann mal heiraten würde.

Alle sind im übrigen wahnsinnig wütend wegen Che, denn sie ist nämlich die lebensgefährliche Terroristin mit IRA-Kontakten in der »Nordöstran« vom Mittwoch.

»Ja, ich war Ende der siebziger Jahre ein paarmal in Irland!« murmelte sie. »Da war ich Anfang Zwanzig! Padhraigh hieß er! Rote Locken, und ihm fehlten die Schneidezähne. Er hat behauptet, er sei Revolutionär und habe sie im Nahkampf verloren. Und ich glaubte ihm. Später hörte ich, daß er sie sich ausgeschlagen hatte, als er im Suff vom Rad gefallen war. Das Revolutionärste, zu dem er sich je aufschwang, war, nach fünfzehn Guinness zu grölen: ›We're off to Dublin in the Green!‹ Ich hörte einmal, wie er bei seinen Freunden damit prahlte, er habe an einigen nächtlichen IRA-Aktionen teilgenommen. Dabei wußte ich genau, daß seine einzigen nächtlichen Aktionen in direktem Zusammenhang mit mir standen. Und viel Action war da nicht mehr nach fünfzehn Guinness ... Wie zum Teufel hat ›Nordöstran‹ das nur rausgekriegt? Padhraigh ein Terrorist! Daß ich nicht lache!«

»Gull-Britt Norén«, erwiderte Benke. »Du warst damals ihre Nachbarin, weißt du noch? Sie hat deine Katze gehütet, als du in Irland warst. Inzwischen ist sie mit dem Nachtredakteur der ›Nordöstran‹ verheiratet!«

Stig saß daneben und sah wehmütig aus. Vielleicht dachte er an die fünfzehn Flaschen Guinness, die vor so vielen Jahren geleert worden waren. Seit dem Mord war er regelmäßig in den Sender gekommen und noch dazu pünktlich. Allein das war verdächtig! Außerdem hatte er eine merkwürdige Marotte angenommen: Er saß da und beobachtete heimlich seine Kollegen, und zwar, wie mir schien, mit listiger Miene. Mehrmals hatte ich ihn mit Tüten in den Händen auf der Kellertreppe angetroffen. Was schleppte er nur mit sich herum?

Was wußte ich über Stig? Nichts! MaMa behauptete zwar, er sei vollkommen harmlos und in nüchterner Verfassung sogar gutherzig – eine Behauptung, die sich kaum beweisen ließ. Doch das einzige, was ich wußte, war, daß er sich während des Mords im Sender befunden hatte, vorgeblich volltrunken – aber man konnte sich schließlich auch Kognak aufs Revers kippen, um nach Schnaps zu stinken und dann einen Volltrunkenen zu spielen. Nach einem Motiv brauchte man nicht lange zu suchen. Eine geschickt plazierte Andeutung Richards, was Stigs kleines Problem anging – und Stockholm würde ihm sein geliebtes Musikprogramm nehmen. Dort wartete man nur auf einen Anlaß. Und auf Richard hörte man. Er hatte auf dem großen Fest im Stockholmer Funkhaus neben einer der Direktorinnen gesessen.

Ich beschloß, Stig im Auge zu behalten.

Doch das war nicht sonderlich clever. Nur jemand wie ich kommt auf die Idee, einen alten Alkoholiker überlisten zu wollen. Denn die sind scheu wie die Tiere des Waldes und haben dieselbe Witterung.

Unbeholfen beschattete ich ihn zwei Tage lang. Alle, die mich hinter ihm herschleichen sahen, wunderten sich bestimmt. Schließlich entdeckte ich ihn zufällig im Keller vor dem Schrank mit den Regencapes. Ich zuckte zusammen. Der Beweis! Über wen würde er als nächstes herfallen? Mich? Ich machte auf dem Absatz kehrt, um schleunigst zu verschwinden.

Da bemerkte er mich und errötete heftig. Unter dem Stapel Capes hatte er gerade etwas hervorgeholt – eine Flasche Maltwhisky. So war das also.

Es wurde mir peinlich bewußt, daß ich als Detektivin nicht einmal das Talent von Timmy, dem Hund aus Enid Blytons Fünf-Freunde-Büchern hatte. Ich hatte lediglich entdeckt, daß Benke kein Geld hat und Stig Alkoholiker ist, und das wußten ohnehin schon alle.

Ich ging zum Telefon und rief meinen getreuen Jonas an. Hatte fast vergessen, daß es solche Geräte auch noch gibt. Ich kann ewig rumsitzen und mich ärgern, daß die E-Mail versagt, und trotzdem nicht auf die Idee kommen, daß man auch anrufen könnte.

Jonas Stimme klang verschlafen. Es war halb zwölf. Er versprach, sobald wie möglich eine Reportagereise in meine Gegend zu verlegen. Ich brauche dich, Jonas, ich brauche dich, und zwar nicht nur als Mitdetektiv. Ich sehne mich nach deinen strubbeligen schwarzen Haaren und deiner strengen Brille im Stil der fünfziger Jahre, deinen seltsamen Secondhand-Kleidern aus Kunstfaser mit ihren riesigen Kragen. Ich sehne mich nach dir mit Haut und Haar. Aber das werde ich dir natürlich nicht erzählen.

Wenn ich an die langen, nächtlichen Gespräche über Gott und die Welt denke, damals, als wir zusammen die Journalistenhochschule besuchten ... Keusch saßen wir Seite an Seite auf meinem Bett. Die Gespräche endeten immer damit, daß wir uns gegenseitig versicherten, es sei totaler Quatsch, daß ein Mann und eine Frau nicht einfach nur gute Freunde sein könnten. Wie man sieht ...

Die Stimme aus dem Jenseits

An: <jonas.mansson@norrlands.folkblad.se>
Von: <malla.vilhelm@radionordost.sr.se>

MaMa trägt die Situation mit bewundernswerter Fassung. Sie ist erstaunlich unverändert. Sie trägt schwarz, aber das tat sie vorher auch – und ist ebenso schweigsam und freundlich wie immer. Nur daran, daß sie angefangen hat, Kette zu rauchen, merkt man, daß sie extrem angespannt ist. Dabei lag sie Richard immer damit in den Ohren, daß er aufhören solle! Heute nachmittag waren wir zusammen Kaffee trinken, und da kam mir plötzlich die Idee, daß ich mit ihr über meine etwas lächerlichen Nachforschungen sprechen könnte. Sie würde mir sicher mit einigen Details weiterhelfen können.

Wir saßen in Sandbergs Konditorei und aßen Sahnetorte. Sandbergs ist das einzige Café der Stadt, das noch so aussieht wie Cafés in meiner Kindheit, einschließlich der welken Topfpflanzen, uralten Illustrierten und Wachstuchtischdecken. Alle anderen Cafés der Stadt sind gestylt, tragen englische Namen und bieten Espresso in tausend Variationen und klodeckelgroße amerikanische Brownies an. Und von den Barhockern bekommt man Krämpfe in den Oberschenkeln.

Zuerst sprachen wir lange über Richard, über Dinge, die

er zu sagen pflegte, Reportagen, die er gemacht hatte, und darüber, wie beliebt er bei den Hörern gewesen war. Sie weicht diesen Themen nicht aus, im Gegenteil, ihre Erinnerungen regnen nur so auf einen nieder, sobald man das Thema anspricht.

Fast hätte ich gegähnt. Plötzlich verstummte sie und sah mich prüfend an.

»Hör mal, Malla, hast du darüber nachgedacht, wer Richard ... getötet haben könnte?«

Es kam völlig unerwartet und ausgerechnet in dem Moment, als ich gerade halbherzig überlegte, ob ich es jemals wagen könnte, dieses Thema anzuschneiden. Verblüfft entgegnete ich: »Nein, wieso?«

»Ich aber!« sagte sie und beugte sich vor, die Ellbogen auf die Knie gestützt. Sie kam mir so nahe, daß ich ihre Augenfältchen und die schon nicht mehr ganz so elastische Haut unter ihrem Kinn sehen konnte. Den Ehering trug sie an einem Goldkettchen um den Hals.

»Eigentlich kann ich an nichts anderes denken. Tag und Nacht! Im Sender bleibe ich ständig vor der Tafel mit unseren Namen und Fotos stehen und frage mich: Wer? Wer von unseren sympathischen, unauffälligen Kollegen hat meinem Mann mit einer Axt – einer *Axt* – den Schädel gespalten? Stig? Che? Carina? Wer? Und ich kann mit niemandem darüber sprechen, denn er könnte ja der Täter sein! Du bist die einzige Ausnahme, Malla, denn du hast neben mir gestanden, als es geschah. Hast du dir das nicht auch schon überlegt?«

»Doch ...«, sagte ich gedehnt und sah sie von der Seite an. Alles, was ich über Ethik im Journalismus gelesen hatte, ging mir durch den Kopf.

Interviews mit Angehörigen, die noch unter Schock stehen, sind unethisch.

Interviews unter Ausnutzung persönlicher Beziehungen

bedeuten Vertrauensbruch, und das ist ebenfalls unethisch.

»Glaub bloß nicht, ich würde es den Zeitungen abnehmen, daß Richard tatsächlich so beliebt gewesen ist«, fuhr sie fort. »Richard legte sich mit allen an, das habe ich von Anfang an bemerkt. Nicht jeder besaß seinen Sinn für Humor!«

Sinn für Humor! Richards Humor war eine lebensgefährliche Waffe!

»Vermutlich hat der eine oder andere ihn nicht verstanden oder hatte vielleicht sogar Angst vor ihm!« sagte sie und rührte so heftig in ihrer Kaffeetasse, als wolle sie sie aushöhlen. »Ich frage mich zum Beispiel, ob Nils nicht ein wenig Angst vor ihm hatte. Richard war bisweilen unangenehm scharfsichtig. Er fand immer, daß über Mißverhältnisse auch offen diskutiert werden müsse!«

Scharfsichtig! Über Mißverhältnisse diskutieren! War das etwa MaMas Sicht auf seine hinterhältigen Angriffe gegen den armen Nisse-Boß bei den Morgenbesprechungen? Endlich nahm ich das Blatt vom Mund:

»Nisse hatte Angst vor ihm! Und auch wenn du vermutlich findest, daß es schrecklich klingt: Ich verstehe, daß er Angst hatte. Ich muß gestehen, daß auch ich manchmal Schwierigkeiten mit Richard hatte. Nisse hat ja kein sonderlich flinkes Mundwerk und ist alles andere als schlagfertig. Daher konnte Richard ihn mit ein paar Gehässigkeiten außer Gefecht setzen, ehe dieser noch Gelegenheit gefunden hatte, sich zu räuspern!«

Ich spürte, daß ich über und über errötete. Merkte sie, wie wenig ich ihren geliebten Mann gemocht hatte?

Sie seufzte. »Glaubst du wirklich, Nisse hätte …?«

»Nein, das habe ich nicht gesagt! Aber ich kann mir vorstellen, daß er die Beherrschung verloren haben könnte. Obwohl ich es im Moment eher Bengt zutraue.«

Dann erzählte ich MaMa alles, was ich über Benkes miserable Geschäfte herausgefunden hatte, über die Stelle, die er haben wollte, über Daves Andeutungen, daß er etwas »unternommen« habe, damit Carina bei ihm bliebe, über mein Unbehagen Haqvin gegenüber, ja, beinahe hätte ich ihr auch von Ches Haß auf Richard wegen der schon Jahre zurückliegenden Affäre erzählt, da fiel mir plötzlich auf, wen ich vor mir hatte, und ich bremste, daß die Reifen quietschten. Es wäre zu bitter gewesen, sich so etwas frisch verwitwet anhören zu müssen!

MaMa sah mich lange und eindringlich an.

»Du hast also wirklich vor, dieser Sache auf den Grund zu gehen?«

»Hast du was dagegen, MaMa? Wenn wir denjenigen, der Richard auf dem Gewissen hat, nicht fassen, dann werden unsere Porträts in Profil und Vorderansicht bald an den Schwarzen Brettern sämtlicher Polizeiwachen hängen. Glaube ich jedenfalls!«

Sie nickte.

»Ohlin wird nicht lockerlassen, er will mit dieser Sache sicher den Großen Journalistenpreis einheimsen! Ich möchte dir keine Steine in den Weg legen und helfe dir gerne, wo ich kann. Aus vielerlei Gründen. Aber ich bin ziemlich überzeugt davon, daß ich weiß, *wer* es getan hat. Ich weiß nur nicht, *wie*.«

»Wer?«

»Carina natürlich.«

Ich hatte größte Schwierigkeiten, meine Gesichtsmuskulatur zu beherrschen, und sie lächelte traurig: »Du glaubst natürlich, daß ich mich an ihr rächen will, weil Richard sich für sie interessiert hat. Aber erinnerst du dich noch, was ich dir erzählt habe? Daß ich das Gefühl hatte, Richard sei zu mir zurückgekommen? Hast du gesehen, wie sie mich angestarrt hat, als sie mitgekriegt hat, wie er an diesem Morgen mit mir geflirtet hat?«

Das hatte ich sehr wohl gesehen.

»Wenn sie mit ihm im Erdgeschoß allein gewesen wäre«, meinte ich, »dann hätte ich gesagt: ›Hier haben wir Tatmotiv, Tatwaffe und die geeignete Gelegenheit. Kommen Sie mit, meine Dame, alles, was Sie sagen, kann gegen Sie verwendet werden!‹ Aber wir können nicht von der Tatsache absehen, daß Benke und Nisse direkt neben ihr saßen.«

Mir fiel auf, daß ich zum »Wir« übergegangen war. Von diesem Moment an war MaMa, wenn auch nicht ein Mitdetektiv wie Du, mein lieber Jonas, so doch zumindest eingeweiht.

MaMa seufzte nur und rührte weiter in ihrer Tasse.

»Aber das war doch gar nicht beabsichtigt«, murmelte sie. »Hast du daran gedacht, daß sie in der Eingangshalle eigentlich hätte allein sein müssen? David kommt sonst nie so früh, Nisse auch nicht, und Bengt hält sich in der Regel im Obergeschoß auf. Eigentlich hätte sie freie Bahn gehabt. Und vielleicht war alles schon vorbereitet, wie sie es auch immer angestellt haben mag!«

»Aber wie stellst du dir das vor? Wieso sollte sie sich, wo sie sonst immer allein mit ihm dort unten war, ausgerechnet den Tag für den Mord aussuchen, an dem noch zwei weitere Personen im Eingangsbereich sind?«

MaMa sah trotzig und stur aus, wie ein Kind, das etwas will und es nicht bekommt.

»Genau deswegen natürlich! Wenn sie mit ihm allein gewesen wäre, dann hätte man sie sicher sofort verdächtigt! Begreifst du das denn nicht?«

Da hatte sie nicht so ganz unrecht, obwohl ich ihren Verdacht immer noch für reines Wunschdenken hielt. Und wenn es jetzt Carina gewesen war, dann durchschaute ich immer noch nicht, wie sie es angestellt hatte.

»Oder sie hat«, fuhr MaMa eifrig fort, »mit David ganz einfach gemeinsame Sache gemacht! Wer weiß, was er vom Keller aus alles bewirken konnte? Vielleicht hat er ja irgendeine Falle gebaut, die elektrisch ausgelöst werden konnte und die Carina später verschwinden ließ? David kann sowas, das ist ihn schon mal teuer zu stehen gekommen!«

Ich sah sie erstaunt an.

»Meinst du das mit der elektrischen Gitarre, MaMa?«

Sie kniff ihre schmalen Lippen zusammen. »Außerdem ist es mir lieber, wenn er es nicht war«, murmelte sie. »Er ist ein so netter Junge, obwohl er den Mund manchmal zu voll nimmt!«

Ich dachte eine Weile über MaMas Vermutung nach, daß Dave und Carina unter einer Decke gesteckt haben könnten. Bereits auf dem Heimweg fiel mir auf, was daran nicht stimmen konnte: Wenn Carina Richard wirklich hätte töten wollen, weil er mit ihr Schluß gemacht hatte, dann hätte Dave keinerlei Grund gehabt, ihr dabei zu helfen. Und falls Dave Richard hätte umbringen wollen, weil er ihm seine Braut ausgespannt hatte, dann hätte Carina ihrerseits keine Veranlassung gehabt, ihm beizustehen. Ich konnte mir beim besten Willen kein Motiv vorstellen, das für beide in Frage gekommen wäre.

/senden/

An: <jonas.mansson@norrlands.folkblad.se>
Von: <malla.vilhelm@radionordost.sr.se>

Nein, Jonas, das geht so nicht weiter! Du mußt *jetzt* herkommen! Hör zu: Am Abend war ich noch mal im Funkhaus, um ein paar Überstunden abzureißen. Tom und Che waren auch da. Wir aßen gegen sechs im Pausenraum Chicken Tandoori direkt aus den Aluschalen. Dann saßen wir jeder am Computer und arbeiteten intensiv, denn letzte Woche war bei uns allen zuviel liegengeblieben. Der Schnee peitschte gegen die Fensterscheiben, und es knarrte und knackte in dem alten Haus – auch in den Räumen, wo sich niemand aufhielt. Ich saß in der Eins, sah die Umrisse von Tom im Senderegieraum und wußte, daß Che oben war, sonst wäre ich vermutlich nach Hause gegangen. Wer will schon allein in einem knarrenden alten Haus sitzen, in dem gerade jemand mit der Axt erschlagen worden ist? So sehr ich auch dagegen ankämpfte, konnte ich das Bild des weißen Eimers mit dem rosa Putzwasser nicht verdrängen. Es hakte sich gewissermaßen am Rand meines Gesichtsfelds fest und verschwand, sobald ich es fixieren wollte.

Che gab als erste auf: Sie streckte gegen acht den Kopf bei mir rein und konnte sich vor Müdigkeit fast nicht auf den Beinen halten. Um die Augen hatte sie riesige dunkle Ringe. Was treibt sie eigentlich nachts?

Gegen halb zehn fragte Tom, ob wir nicht aufhören sollten. Ich war fast fertig mit meiner Reportage von der Baustelle, mit der ich Benke besänftigen wollte, da die eventuelle Verlängerung meines Vertrags anstand. Nach und nach hatte mich die Arbeit ganz gefangengenommen und den Putzeimer in mein Unterbewußtsein verbannt. Die Leuchtstoffröhren summten anheimelnd, und auf P 4 kam Akkordeonmusik. Wer kann sich schon vorstellen, daß einem bei den Klängen des Carl-Jularbo-Quartetts etwas Schlimmes widerfahren sollte? Tom ging nach Hause, und ich zuckte nur mit den Achseln und blieb sitzen.

So, jetzt noch den Lärm der Betonmischmaschine kopieren und an geeigneten Stellen in die Reportage einbauen! Ich hatte das Interview mit dem Polier nach Feierabend aufgenommen, in leerer, zugiger Stille, denn alle anderen waren bereits nach Hause gegangen – aber es klang natürlich authentischer, wenn es im Hintergrund lärmte. Ich zog den

Regler hoch. Schnell noch den dümmlichen Witz über üppige Blondinen löschen und statt dessen einen Zwischentext mit einer Statistik über Neubauten einblenden. Fertig! Und dann die Erkennungsmelodie, begleitet vom Lärm eines vorbeifahrenden Kieslasters.

Eifrig fuhrwerkte ich mit der Maus in den Audiodateien hin und her. Geht das alles schnell! Daß ich das wirklich schon so gut beherrsche! Dabei hätten sie mich fast aus der Kindertagesstätte geworfen, weil ich mit Schere und Leim auf Kriegsfuß stand. Hmmm ... Hmmm ... Ich summte den Hambo aus dem Radio mit. Jetzt noch ein letztes Aufjaulen des Krans, der Abschlußjingle ... und *fertig*!

Dann speicherte ich alles auf der Festplatte und außerdem auf dem Server. Ich taufte die Datei »Baustelle«. Moment mal ... was war das für eine Datei in meinem persönlichen Ordner? Ich hatte vor kurzem aufgeräumt, denn Dave ist ständig hinter uns her, daß wir unsere alten Audiodateien löschen, weil sie soviel Speicherplatz beanspruchen und der Server dauernd abstürzt! Vorgestern wünschte Che ihren Hörern unfreiwillig einen »Guten Morgegegegegegegegegen«, und das in einer Livesendung!

»Die Stimme aus dem Jenseits«? Was zum Teufel ... Diese Datei hatte ich ganz eindeutig nicht in meinem Ordner abgelegt! War das ein schlechter Scherz, oder hatte sich jemand geirrt? Ich öffne sie am besten, um das zu kontrollieren, dachte ich. Hm ... eine große Audiodatei, viele Bytes ... Doppelklick, öffnen ...

Eine Stimme, die ich nur zu gut kannte, dröhnte in Stereo:

»Hör zu, Kleine, wenn du noch weiter deine Nase in diesen Mordfall steckst, wirst du noch genauso enden! Wär schade um die Frisur! Ich glaube auch nicht, daß dir Rot sonderlich gut stehen würde ...«

Dann Richards Lache, die ebenso bösartig und gellend war wie seine Stimme dunkel und samtweich ...

Ich ließ die Maus los, als hätte sie mich gebissen. Preßte die Hände vor die Ohren und schrie, dann rannte ich aus dem Studio, ohne mich darum zu kümmern, daß der Computer noch an war. Ich biß die Zähne zusammen und stolperte ins Obergeschoß, um meine Tasche zu holen. Schließlich brauchte ich meine Schlüssel. Als ich auf dem Weg nach unten am Glasverschlag vorbeirannte, sah ich die Umrisse von Haqvins klobiger Gestalt, ein schwarzes Profil vor der Lampe hinter ihm. Ich schrie erneut, stolperte die Treppe hinunter, packte meine Jacke und schluchzte vor Schreck laut auf. Neben meiner Jacke an der Garderobe hing ... ein weißes Regencape, blutverschmiert ...

/senden/

Im Glasverschlag V

Jetzt kennen alle Nils' Geheimnis. Die Zeitungen werden die Spur nicht erkalten lassen, wenn sie einmal Blut geleckt haben. Er wird den Kollegen gegenüber ein Geständnis ablegen müssen, und dann sind seine Tage an diesem Sender vermutlich gezählt. Armer Nils! Er wollte nur das Beste, und ich finde auch, daß er sowohl sich selbst als auch den Sender manches Mal am Kragen gepackt und aus dem Sumpf gezogen hat. Aber seine Veranlagung – er selbst hat sie als »Gebrechen« bezeichnet – halten alle leider nur für schockierend lächerlich, um nicht zu sagen grotesk. Dabei ist er vollkommen ungefährlich. Ich wage zu behaupten, daß Richard für seine Kollegen bedeutend gefährlicher war als Nils mit seinem unbezwingbaren Wunsch, sich als Frau zu verkleiden.

Es ist bemerkenswert, daß er das so lange hat geheimhalten können. Vielleicht bin ich der einzige, der ihn auch als Gunilla kennt – eine zupackende, dominante Frau mit dem bewundernswerten Talent, Schwierigkeiten mit der Autorität einer strengen Lehrerin anzugehen. Als Chef ist Nils Boström konfliktscheu und nachgiebig. Als Gunilla hörte ich ihn manchmal mit großer Autorität und Schärfe am Telefon Verwaltungsleute, Rundfunkchefs, Kommunalpolitiker und andere Machthaber zur Schnecke machen. Fast hätte ich lächeln müssen, als ich eines Morgens bereits gegen sechs zur Arbeit kam und Nils in seinem Zimmer sitzen sah: in voller

Kriegsbemalung, die Füße in Lackstiefeln auf dem Schreibtisch und eine messinggelbe Perücke mit großen Straßspangen etwas zu weit in die Stirn gezogen. Mit Falsettstimme schimpfte er einen der Programmchefs von P 1 – genauer gesagt seinen Anrufbeantworter – aus, weil dieser die Sendezeit in der Provinz reduziert hatte. Es war ihm natürlich unglaublich unangenehm, daß ich ihn sozusagen auf frischer Tat ertappt hatte, aber ich glaube, es gelang mir, ihn zu beruhigen. Ich sehe wirklich keinen Grund einzugreifen, nur weil jemand mit seiner sexuellen Identität spielt.

Hingegen hatte ich immer öfter das Gefühl, daß es vielleicht meine Aufgabe sei, den Schaden einzudämmen, den Richard in der Seele meiner Kollegen anrichtete. Das Gift, das er in ihre Ohren träufelte und das sich bis zum Herzen weiterfraß. Die Gemeinheiten, die er über sie ausschüttete und die sich nicht einfach beiseiteschieben ließen. Ich habe Kerstin schon aus der Dusche neben dem Ruheraum im Keller kommen sehen, unter der sie stundenlang gestanden hatte. Sie heulte zum Steinerweichen, wollte mir aber nicht sagen, warum. Sie habe mit Richard abgerechnet, meinte sie, und komme sich ganz schmutzig vor. Ich spüre, besser gesagt, ich weiß, daß er diese schöne, schlanke Frau, die nur das Beste in den Menschen sah, auf dem Gewissen hat. Nach ihm hat sie niemandem mehr vertraut, und ihr Aussehen ist ihr vollkommen gleichgültig geworden. Ich habe ihre Gedanken gehört:

Ich werde ihn hassen, bis ans Ende meiner Tage ... Diesen verdammten, verdammten ... Igitt, ich bin vollkommen durchgeschwitzt, klebrig ... Gekränkt und klebrig, als hätte er meine Seele mißbraucht ...

Wie Maria ihn all diese Jahre ertragen konnte, ist mir schleierhaft. Ihre Liebe ist so zäh wie die tiefen Wurzeln eines alten Baums. Ich weiß, daß sie jedesmal, wenn sie seine Eskapaden zu sehr demütigten, versuchte, von ihm loszukommen. Aber das gelang ihr nie. Manchmal geht sie an meinem Zimmer vorbei, und sein Name und Gesicht bedecken wie Graffiti alle ihre Gehirnwindungen.

RichardRichardRichardRichard ... O Richard ... »Dieser Mann scheint mir den Göttern ebenbürtig zu sein ...«

... und ich, der ich den größeren Teil meines Lebens ohne die Liebe einer Partnerin hinter mich gebracht habe, stelle mir manchmal die Frage: Wenn ich wählen dürfte, würde ich dann so lieben – oder würde ich so geliebt werden wollen? Ersteres ist eine Besessenheit, die einen zum Sklaven macht, letzteres macht vermutlich die Liebe zu einem Gefängnis für denjenigen, der geliebt wird, oder auch zu etwas Wertlosem, was man nicht weiter achtet. Vielleicht war es ja Marias Schuld, daß sich Richard für den Göttern ebenbürtig hielt ...

Doch es geschieht gerade etwas in der Redaktion, was mich mehr als alles andere in Angst und Schrecken versetzt, mehr als der schwarze Strudel, der mich unlängst mitriß, als ich noch spätabends im Sender war. (Im Kreiskrankenhaus haben sie es Epilepsie genannt, und das EEG hat das sicher bestätigt.)

Herrenlos wandert Richards Stimme im Haus herum.

Richard ist tot. Er ist wirklich tot, ich weiß und spüre es. Wie kann seine Stimme noch am Leben sein?

Gestern bin ich länger als sonst hiergeblieben. Was vorgefallen ist, hat mich soviel Kraft gekostet, daß ich mich immer häufiger unter die reine Dusche von Glucks oder Mozarts Klängen stellen mußte, und dann komme ich mit den Plattenlisten nicht mehr nach.

Ich saß also vorgestern abend bis gegen zehn hier. Plötzlich gellte ein Schrei durchs Haus. Malla, das große Mädel, rannte mit weitoffenem Mund durchs Haus. Sie winselte und wimmerte:

Nein, du, gib Ruhe, gib Ruhe, du bist doch tot! Du bist

tooot! Hau ab, hau ab, ich mache alles, was du willst, wenn du nur schweigst. Wenn du noch ein einziges Mal lachst, sterbe ich ...

Sie kam an meiner Glaswand vorbei, und ich spürte, wie sie vor Entsetzen erstarrte. Das war sogar ihrem mageren Nacken mit den fransigen Haaren anzusehen.

Vielleicht wußte sie nicht, daß ich noch da war. Sie mag geglaubt haben, daß ich die körperlose Stimme zu verantworten hatte, die sich durchs Haus bewegte. Ausnahmsweise erlaubte ich es mir, meinen Glasverschlag zu verlassen und ihr hinterherzurufen, obwohl ich mir sicher war, daß sie nur so schnell wie möglich wegwollte:

»Malla! Verzeih mir, aber du mußt mir erzählen, was du hörst. Vielleicht kann ich dir ja helfen?«

Sie tat so, als würde sie mich nicht hören, rannte lautstark zu ihrem Schreibtisch, riß ihre Handtasche an sich und verschwand dann die Treppe hinab und hinaus in die Nacht.

Zögernd ging ich nach unten in die Eins, wo sie gesessen und gearbeitet hatte. Der Computer war immer noch an und übermittelte eine bläuliche, flimmernde Botschaft. Geöffnet war eine Audiodatei. Ich kenne mich mit diesen Feinheiten der Computertechnik wirklich nicht aus. Ich höre meine Platten und Bänder und mache mir meine Notizen über die Musik auf einem Blatt Papier. Die GEMA-Gebühren rechne ich übers Internet ab, aber ich mache inzwischen überhaupt keine Reportagen mehr und muß deswegen auch nicht mit Audiodateien arbeiten. Aber schließlich habe ich den anderen oft genug zugeschaut und weiß, welchen Knopf man drücken muß, um den Computer zum Sprechen zu bringen.

Ich muß dieses Rätsel lösen. Meine lieben, meine geliebten Kollegen (das ist nicht übertrieben, was einige von euch angeht) – ihr haltet das nicht mehr lange aus. Ihr geht unter dem Druck dieses fürchterlichen Mords noch vor die Hunde.

Das ist Richards Rache an euch allen: daß ihr euch früher oder später in Stücke reißt, euch gegenseitig den Wölfen zum Fraß vorwerft oder der Polizei erlaubt, bei euch eine Art Kahlschlag zu veranstalten. Und das mit Hilfe der Journalisten. Richard war ein armes Schwein, dabei aber listig und zynisch. Ungefährlich war er nicht.

Neben dem Computer, vor dem Malla gesessen hatte, lag eine schlecht kopierte Buchseite: »Tips und Tricks für Ihre Cutter-Software.«

Sie hatte den Computer nicht ausgeschaltet, bevor sie das Weite gesucht hatte. Ich begann danach zu suchen, was ihr eine solche Furcht eingeflößt hatte.

Ich drückte die Eingabetaste. Eine Stimme dröhnte aus den Lautsprechern zu beiden Seiten des Mischpults.

Richards Stimme.

Er lachte. Ein gellendes, böses Richardlachen, das bisweilen nur von seinem typischen asthmatischen Husten unterbrochen wurde.

Der Name der Audiodatei lautete: »Die Stimme aus dem Jenseits«. Mit schweißnassen, zitternden Fingern schloß ich sie.

Der Wind frischte auf. Vor dem Fenster wirbelte der Schnee um die Straßenlaternen. Wo der Schneepflug eben erst durchgefahren war, bildeten sich schon wieder neue Schneewehen. Mir war klar, daß ich Mühe haben würde, nach Hause zu kommen.

Dann richtete ich den Blick wieder auf den Bildschirm.

Die Audiodatei »Die Stimme aus dem Jenseits« war verschwunden.

Jemand hatte sie gelöscht, sie in den wenigen Sekunden, die ich aus dem Fenster geschaut hatte, vom Bildschirm genommen.

Jemand, der sich nicht im Zimmer befand, sondern irgendwo anders im Haus.

Aber es war doch kein Mensch mehr hier im Haus? Ich hatte niemanden gesehen, seit Malla weggelaufen war.

Hinter meinem rechten Ohr ertönte wieder das berstende, mahlende Geräusch. Ich schaltete das Licht im Studio aus und ging zurück in den Eingangsbereich.

Als mein Blick auf das blutige Regencape fiel, begann der Lärm meinen ganzen Kopf zu füllen.

Tote fahren nicht Auto

Mallas Tagebuch, Sonntag, den 19. Februar, fast zwei Wochen nach dem Mord:
Ich ging am Tag danach direkt zu Munter! Ullabritt! und erzählte, daß Richard keine Ruhe geben wollte, obwohl er doch tot war. Ich suchte sie im Präsidium auf, wobei ich sonst für die Polizei eigentlich nichts übrig habe. Manchmal hatte ich die fixe Idee, daß sie mich festnehmen könnten, bloß weil ich im selben Gebäude bescheiden darauf wartete, mir einen neuen Paß ausstellen zu lassen. Aber dieser barschen Dame vertraue ich inzwischen. Bildlich gesprochen hat sie in meiner Gegenwart den obersten Knopf ihrer Uniform geöffnet. Als ich ihr die Geschichte vom Regencape erzählte, verzog sie keine Miene, sondern machte sich nur Notizen und stellte sachliche Fragen. »Glauben … glauben Sie mir?« fragte ich. »Mir ist klar, wie überdreht das klingen muß!«

»Ich habe drei Kinder, ich glaube alles!« Sie lächelte, oder zumindest fast. Ihre Oberlippe bebte einen Augenblick, aber das kann auch eine optische Täuschung gewesen sein. Dann erzählte sie, daß Haqvin die »fraglichen Angaben« bestätigt und außerdem registriert habe, daß die Datei mit Richards Stimme von jemandem gelöscht worden sei, der sich gleichzeitig im Sender befunden haben müsse. Haqvin sei jedoch nicht geblieben, um herauszufinden, wer das gewesen sein könnte. Auch Haqvin hat also menschliche Züge.

Die Polizei hatte sich bereits am Mittwochvormittag erkundigt, wie die Gepflogenheiten im Sender aussehen und wer über die Kenntnisse und die Möglichkeit verfügt, eine solche Datei zu löschen. Seufzend war MaMa sämtliche Audiodateien im Server durchgegangen, ohne auch nur eine »Stimme« zu finden. Und über die Kenntnisse – ja, über die Kenntnisse verfügen wir vermutlich alle.

»Ihr solltet sie zumindest haben, wenn ich an die teuren Computerkurse denke, die ich euch spendiert habe«, sagte Nisse verbittert bei der Morgenbesprechung. Wie angespannt die Lage war, ließ sich schon daran ablesen, daß er vergessen hatte, Kopenhagener zu kaufen. Und daß sich niemand beschwerte.

Am Freitag kam Jonas mit dem Überlandbus, obwohl er in Stockholm hätte jobben können, Flug und Hotel mit Frühstücksbüfett, alles inklusive. Sieh an! Entweder sind wir Freunde wie Meisterdetektiv Kalle Blomquist und Eva-Lotta, oder auch er macht sich Gedanken darüber, warum wir alle diese Nächte keusch nebeneinander gesessen haben. Ich hoffe auf Letzteres ...

Wir erweckten meinen alten Audi zum Leben und fuhren raus zu MaMa. Sie bot uns Tee in englischem Porzellan und selbstgebackenes Brot mit Quittenmarmelade an. Wir saßen in Richards Zimmer im Erdgeschoß, energisch deckte MaMa auf dem Couchtisch.

»Ich muß in seinem Zimmer sitzen«, sagte sie. »Wenn ich oben in unserem Schlafzimmer bin, habe ich die ganze Zeit das Gefühl, er sei hier unten. Außerdem muß ich auf seiner Seite unseres Doppelbetts schlafen. Denn wenn ich aufwache, will ich nicht sehen, daß sie leer ist ...«

Ich fragte sie, ob sie auch den Saab fuhr, um Richard darin nicht vermissen zu müssen. Aber da war es offenbar umgekehrt.

»Weißt du, Richard paßte es nie, wenn ich ihn fuhr!« sagte

sie. »Er sagte, es fiele ihm ebenso schwer, seinen Saab zu verleihen wie seine Frau ... Ich hätte das Gefühl, daß er zu Hause am Küchentisch sitzt, ungeduldig mit den Fingern auf die Tischplatte trommelt und auf seine Autoschlüssel wartet ... Aber wißt ihr was, Kinder!« Plötzlich wurde sie ganz eifrig, und ihr Gesicht rötete sich. »Ihr könntet ihn doch leihen! Ich fahre lieber Bus, bis mein eigenes Wrack wieder aus den Schneemassen auftaucht!«

So behutsam wie möglich lehnte ich ab. Richards Saab fahren, auf dessen Lenkrad seine sehnigen, braunen Hände geruht hatten? Nein danke! Jonas trat mir auf den Fuß, er wäre wohl gern so einen Schlitten gefahren. Fast hätte ich laut gelacht. Richard hätte sich mehrfach im Grabe umgedreht: ein Jungjournalist mit schwarzem Strubbelhaar am Steuer seines sorgsam gepflegten, exklusiven Lieblings!

Wir redeten ganz allgemein über den momentanen Stand der Ermittlungen. MaMa schien nicht mehr die Kraft zu haben, darüber nachzudenken, wer Richard umgebracht haben könnte. Und während ich bei ihr zu Hause saß, kam mir das auch ganz logisch vor. Schließlich würde er nicht zurückkehren, auch wenn man wußte, wer ihn umgebracht hat.

Eine Bemerkung von ihr habe ich mir besonders gemerkt, und zwar, weil Jonas und ich uns später noch eingehend darüber unterhielten. Als ich vom »verschlossenen Raum« mit nur einem Eingang sprach, sagte sie:

»So ganz trifft das nicht zu, wenn man's genau nimmt. Es ist noch gar nicht so lange her, daß Nils die Tür zwischen Studio 2 und dem Kabuff zumachen ließ. Und ins Kabuff kommt man aus der Eins. *Falls* jemand hokuspokus die alte Tür geöffnet hat, konnte er durchs Kabuff in die Eins laufen und von dort verschwinden. Das wäre nicht weiter aufgefallen. Oder er hätte durchs Fenster der Eins klettern können. Ich glaube nicht, daß die Polizei dort sonderlich gründlich nach Fußspuren gesucht hat.«

Jonas und ich sahen uns an. Die zugenagelte Tür – unser erstes Ermittlungsobjekt!

Ich brachte es nicht über mich, von dem blutigen Regencape zu erzählen, das jemand am Dienstagabend neben meinen Mantel gehängt hatte. Etwas munterer wurde MaMa, als wir darüber sprachen, was sie am Morgen direkt vor dem Mord gesehen hat: Richard, der erregt telefoniert hatte, offensichtlich hatte er jemanden angeschrien oder mit jemandem gestritten. Doch mit wem? Und in was für Papiere war er vertieft gewesen, von denen dann im Studio 2 keine Spur mehr zu finden gewesen war? Und was hatte in den letzten Tagen die Stimmung zwischen ihnen derart verändert?

Etwas zögernd stellte ich Jonas als meinen Mitdetektiv vor, und sie lächelte fast zärtlich.

»Wollt ihr weitere Nachforschungen anstellen? Und wo?« fragte sie. Ich erklärte, daß ich Jonas das Funkhaus zeigen wolle. Vielleicht würde ja auch bei ihm plötzlich über dem Kopf eine Glühbirne aufleuchten wie bei den Geistesblitzen von Daniel Düsentrieb.

Beim Wegfahren sah ich Richards silbernen Saab hinter dem Haus stehen. Er war von einer dicken Schneeschicht bedeckt, flockig und leicht, da die Temperaturen nun schon längere Zeit unter minus fünfzehn Grad gelegen hatten. Sogar die Außenspiegel trugen eine hohe Schneehaube.

Jonas und ich betraten das Gebäude von Radio Nordost, und Seite an Seite wanderten wir mehrmals durch die Räumlichkeiten. Wir standen lange im Kabuff und starrten auf die Wand, in der einmal die Tür zur Zwei gewesen war. Die Stelle war leicht auszumachen: Man hatte die Klinke entfernt und die Tür zugenagelt. Mein Herz begann zu pochen: Konnte das Ganze wirklich so einfach sein? Aber als wir wieder in den Eingangsbereich und von dort in die Zwei gingen, gelang es uns nicht, von dort aus die Tür zu finden. Also verwarfen wir den Gedanken. Niemand reißt eine Schallisolation herunter und bringt sie anschließend wieder an, wenn er diskret ein Zimmer verlassen will.

Keine Geistesblitze erleuchteten uns. Also setzten wir uns jeder mit einer Tasse scheußlichem Automatenkaffee in den Pausenraum. (Er schmeckt immer so, als bestehe er zu gleichen Teilen aus Kaffee und Entkalker.) Vor uns lag die chronologische Liste, die die Polizei vor der ersten Pressekonferenz angefertigt hatte.

»Jetzt wollen wir mal überlegen, wen Richard angerufen haben könnte, als er vor der Sendung fast eine Stunde lang allein in der Zwei saß! Soweit ich weiß, hat er das bis dahin noch nie getan, es muß also wichtig gewesen sein – und eilig, sonst hätte er bis nach der Sendung gewartet!«

Eine kleine 15-Watt-Birne leuchtete über Jonas' Kopf auf.

»Kannst du nicht eine Liste der Nummern besorgen, die an diesem Morgen von hier aus angerufen wurden? Viele Gespräche können das nicht gewesen sein. Ich vermute mal, daß die Buchhaltung die Telefonrechnungen hat?«

»Dieser Spur ist die Polizei bereits gefolgt. Die einzigen Gespräche, die am Morgen vor dem Mord von hier aus geführt wurden, waren meine mit Kallax, der Polizei und den Redaktionen im Binnenland und dann noch Bengts Telefonate mit den Politikern, die in die Fahrradwegaffäre verwickelt sind. Aber weißt du, was das bedeutet?«

»Nein?« erwiderte Jonas und sah aus wie ein eifriger Terrier, der auf sein Stöckchen wartet.

»Das bedeutet, daß Richard vom Studio 2 aus ein hausinternes Gespräch geführt hat. Diese Gespräche werden nicht registriert.«

»Aha!« Jonas konnte sich kaum beherrschen. »Gib mir die Liste!«

Ich hatte noch ein Exemplar davon in meinem Schreibtisch. Wir strichen sie glatt und begannen zu lesen.

»Er hat dieses Telefonat oder diese Telefonate zwischen

sieben und halb acht geführt, und dazwischen hat er sich noch Notizen gemacht!« sagte Jonas und rutschte näher an mich heran, um die Liste genauer in Augenschein nehmen zu können. Damit sein Arm nicht im Weg war, legte er ihn auf meine Rückenlehne. Ich spürte, wie sich meine Atmung beschleunigte.

»Er könnte auch schon früher telefoniert haben. Aber da saß MaMa noch nicht im Kabuff und hat ihn deswegen auch nicht telefonieren sehen. Ich meine, falls er eine ganze Reihe von Gesprächen geführt hat!« sagte ich. Das Atmen fiel mir immer schwerer, wie bei einer Asthmapatientin.

»Eine ganze Reihe? Aber wir wissen doch, daß er innerhalb des Hauses telefoniert hat! Wen hätte er überhaupt anrufen können?« Jonas kam noch näher. Bald würde er wie ein Siamesischer Zwilling an meiner Seite haften. Seine Hand ruhte auf meinem Unterarm, und es fühlte sich an wie bei einem Kurzschluß, wenn die kleinen blauen Funken überspringen. Ich räusperte mich und starrte erneut auf die Liste.

»Bei mir hat er nicht angerufen und bei Stig wohl auch nicht. Der lag bewußtlos im Keller. Außerdem ist da unten kein Telefon. Nisse-Boß kam erst um halb acht. Che war nicht im Haus, zumindest deutet nichts darauf hin. Bengt Hedning hat die ganze Zeit im selben Zimmer wie ich telefoniert. Sofern Richard nicht auch über den neuen Fahrradweg gesprochen hat, kann er jedenfalls nicht mit Bengt gesprochen haben. Bleiben also noch Haqvin, Carina und Dave. Ich verstehe allerdings nicht, wieso er nicht einfach zu ihnen ins Zimmer gegangen ist.« Ich glaube, daß ich Jonas in diesem Augenblick wie zufällig mit meiner linken Brust berührte. Da fiel mir auf, daß er genauso außer Atem war wie ich. Wir klangen wie zwei alte Marathonläufer kurz vor dem Ziel.

In diesem Augenblick klingelte das Telefon. Unwillig beugte ich mich vor und nahm den Hörer. Es war MaMa.

»Seid ihr da?« Sie schluchzte. »Entschuldigt die Störung, aber ich muß mit jemandem reden. Keiner ist zu Hause, weder Che noch Stig oder Haqvin, und bei Bengt und Nils ist besetzt. Also habe ich aufs Geratewohl im Funkhaus angerufen. Ich habe eben entdeckt, daß Richards Auto gestohlen worden ist! Das muß kurz nach eurer Abfahrt passiert sein. Es ist weg! Soll ich die Polizei rufen?«

Jonas lehnte seine Wange an meine, um besser mithören zu können ... nehme ich an. Ich redete beruhigend auf MaMa ein, sagte, sie solle die Polizei verständigen, und versicherte ihr, daß wir nach dem Wagen Ausschau halten würden und so weiter und so fort. Schließlich beruhigte sie sich und legte auf.

Jonas hatte seine Hand über meine gelegt, mit der ich die Maus festhielt, und schob jetzt den Cursor auf meinen Ordner mit Audiodateien. Er war fast leer, da ich gerade erst alles gelöscht hatte. Nur eine Datei befand sich im Ordner, und die hieß: »Sofort öffnen«.

»Was ist das denn?« wollte er wissen, sein Mund bewegte sich an meiner Wange.

Ich schloß die Augen und seufzte. In diesem Augenblick war mir unser Detektivspiel herzlich gleichgültig. Ich begann mich umzudrehen, um seinen Mund mit meinem zu suchen – da klickte er die Datei mit der Maus an und öffnete sie.

Die Stimme dröhnte durch den Raum:

»Jetzt laßt das gefälligst! Wenn ihr nicht sofort aufhört herumzuschnüffeln, komme ich zurück und nehme euch mit. An einen kalten Ort, einen sehr kalten!«

Jonas und ich fuhren auseinander, als hätten wir uns verbrannt. Entsetzt starrten wir uns an. Wie Eiswasser lief mir der Schweiß den Rücken herunter. Dann war wieder dieses Lachen zu hören. Schrill, boshaft und mit dem asthmatischen Keuchen am Schluß.

»Ist er das?« flüsterte Jonas. Ich nickte.

Wir machten uns nicht die Mühe, die Datei auf eine Diskette zu kopieren. Das wäre vernünftig gewesen, aber wir dachten ganz einfach nicht daran. Wir wollten nur weg.

Als wir am Fenster zum Kabuff vorbeistolperten, sahen wir ihn: Draußen auf dem Parkplatz funkelte Richards silberner Saab, freigeschaufelt und mit enteisten Scheiben.

Halloween – die Nacht des Grauens

An: <jonas.mansson@norrlands.folkblad.se>
Von: <malla.vilhelm@radionordost.sr.se>

Heute habe ich mein Notebook dabei. Ich werde Dir immer mal ein paar Zeilen schreiben und Dir dann alles schicken, sobald ich morgen früh nach Hause komme – zum Modem. Ich habe nämlich die ganze Nacht Dienst.

Jonas, wie soll ich anfangen? Letzten Sonntag, als wir die arme Frau Munter alarmierten, war alles ein solches Chaos! Nicht gerade witzig für sie, das Phantom der Oper durch den Schneesturm jagen zu müssen. Und mitten in der Aufregung warst du gezwungen, den Bus nach Hause zu nehmen. (Das hast Du ganz richtig gemacht, ich habe die Nacht unbeschadet überstanden.) Deine Vermutung war ebenfalls zutreffend: Als Munter und ich zum Sender zurückkamen, war die Datei »Sofort öffnen« natürlich verschwunden – und Frau Munter wurde grimmiger als je zuvor. Der silberne Saab stand immer noch da, und sie murmelte lustlos, daß sie ihn untersuchen lassen würde. Soviel dazu.

(Wenn Du es genau wissen willst: Ich könnte mir gut vorstellen, auch nächstes Wochenende in der Nacht wahnsinnige Angst zu bekommen ... Falls Du also meinst mich unbedingt beschützen zu müssen ...)

Sam hat gerade die letzten Lokalnachrichten für heute gesendet, Tom bastelt noch an der fünfhunderttausendsten Folge der Seifenoper über den neuen Fahrradweg für morgen früh. Und mir graut vor der Aussicht, die Nacht auf der Entbindungsstation verbringen zu müssen. Bengt will, daß ich die nächste Arbeitsplatzreportage von dort mache.

»Viel Geschrei«, hat er gesagt. »Meinetwegen auch von Neugeborenen, vor allem aber von den Gebärenden! Sieh zu, daß du mit dem Mikro nicht zu weit weg stehst! Und laß sie stereo stöhnen! Ich will, daß es wie in ›Halloween – die Nacht des Grauens‹ klingt!«

Ich weiß nie, ob ich lachen oder ihm ins Gesicht springen soll. Wie hat Bengts Frau nur drei Entbindungen in seiner Gegenwart überlebt?

Ich suchte in meiner Kiste nach gebrauchten DAT-Kassetten, um eine Handvoll in die Tonbandtasche zu legen. Es kann eine lange Nacht werden. Wie immer waren die Kassetten zu Ende, im letzten Augenblick fiel mir ein, daß ich unten im Lagerraum nachsehen könnte. Unangenehm berührt stellte ich fest, daß die Regencapes immer noch im Kellerschrank lagen. Ob einer von uns sie je wieder unbeschwert wird tragen können? Vielleicht Dave ... Wahrscheinlich wird er sich demnächst mit einem ketchupbeschmierten Regencape als Killer verkleiden. Ich wette, daß er Richard abgemurkst hat! So naiv wie Dave ist einfach niemand, das muß gespielt sein.

Eigentlich ganz angenehm, die Redaktion verlassen und an einem Ort sein zu dürfen, wo mir kein Gespensterlachen eine Heidenangst einjagt.

Maria und Che kamen vorbei. MaMa lächelte mich schwach an, und wehmütig dachte ich daran, daß sie jetzt niemanden mehr hat, der ihr nahesteht. Keinen Richard, keine Kinder, keine Eltern, keine nahe Verwandtschaft. Wird sie sich jetzt etwa mit Che zusammentun? Statistisch gesehen zwar wenig wahrscheinlich, die Ehefrau und die

Exgeliebte, aber vielleicht ganz angenehm, wenn die Leidenschaft erst mal erloschen ist. Jedenfalls hatten sie etwas gemeinsam. Irgendwann kann auch Carina diesem Club beitreten.

Jetzt schreibe ich Unsinn! Ehrlich gesagt glaube ich, daß ich für die Reportage von der Entbindungsstation zu nervös bin. Sam und Tom sind eifersüchtig. Sie behaupten, daß das ihre einzige Chance sei, diesen Ort jemals betreten zu dürfen: mit dem Mikro in der Hand! Mir würde sich ja irgendwann mal ein natürlicher Anlaß bieten. »Zumindest wenn du dir einen neuen Frisör suchst und etwas Geld für eine Feuchtigkeitscreme ausgibst, meine Süße!« sagt Tom.

»Un-ge-recht!« seufzt Sam. »Näher als in den Fotobüchern von Lennart Nilsson werden wir dem Wunder des Lebens vermutlich nie kommen.«

»Das kompensieren wir durch Opern und gediegene Einrichtung ...«, kichert Tom. »Und heute abend werden wir überbackene Krebse essen und ins Punschparfait heulen!«

(So blöd herumalbern tun sie normalerweise nie, diese Show ziehen sie nur ab, damit ich was zu lachen habe. Beide sind toughe Journalisten vom Typ englische Bulldogge: Verbeiß dich so in das Bein, das du zu fassen bekommst, daß sie dir die Kiefer mit dem Brecheisen öffnen müssen! Außerdem leben sie hauptsächlich von Hamburgern.)

Ich packte also meine riesige Tonbandtasche: Stereomikro, Ladegerät, Akkus, DAT-Recorder, Kopfhörer, Bananen, den neuen »Secret Agent X 9«-Comic (von Tom, falls sich die Wehen in die Länge ziehen sollten) und eine Tüte Dumle-Bonbons.

Hallo, jetzt schreibe ich wieder! Habe das Notebook hier im Schwesternzimmer ans Netz gehängt. Auf der Entbindungsstation geht es vergleichsweise ruhig zu. Ich sitze meist nur da und versuche, nicht weiter aufzufallen, weil ich mich eben total danebenbenommen habe. Bei mehreren Müttern werden der Puls des Kindes und die Wehen elektronisch aufgezeichnet. Vom Schwesternzimmer aus läßt sich das alles auf Monitoren überwachen. Gerade eben hatte ein Fötus einen Schluckauf, was auf der Kurve auf dem Monitor zu Schwankungen führte. Ich zerrte die Mikros hervor und machte mich auf den Weg zum »großen Wunder des Lebens«.

Als ich in den Kreißsaal kam, stolperte ich über die Kabel, die direkt in die Gebärmutter der Schwangeren führten.

Sie schrie, als hätte ich ihr mit einem Angelhaken die Eingeweide rauszureißen versucht. Dann wurde ich des Kreißsaals verwiesen.

Statt dessen scheuchten sie mich zu einer fünffachen Mutter, die unglaublich gelassen daliegt und einen Krimi liest. Sie behauptet, daß sie immer nur auf der Entbindungsstation Zeit zum Bücherlesen habe. Deswegen habe sie auch so viele Kinder. Doch allmählich müsse sie wohl aufhören, Romane zu lesen – man habe die Verweildauer der Frauen auf der Entbindungsstation so stark heruntergefahren, daß man zwischen Einlieferung und Entlassung gerade mal eine Erzählung schaffen würde. Am liebsten sei ihnen, wenn man sofort nach der Nachgeburt aufspränge, sich anzöge und mit dem Kind in einer Plastiktüte am Lenker nach Hause radelte, während einem das Blut die Beine herunterlaufe …

Sie machte mir wirklich wahnsinnige Angst.

Was ich bislang über Geburten wußte, habe ich aus alten schwedischen Heimatfilmen im Nachmittagsprogramm gelernt. Eine Frau mit blutunterlaufenen Augen liegt auf einem bestickten Kissen und stärkt sich mit einem Schnaps, während die treue Seele Stina ein fünf Monate altes Kind am Kamin in den Schlaf wiegt und der Vater auf dem

Teppich im Erdgeschoß so viele Kreise dreht, daß dieser schon ganz abgenutzt ist.

Eine solche Szene sollte den Einstieg für das Interview mit der Fünffachmutter bilden. Ich legte eine Kassette in den DAT-Recorder und drückte die Wiedergabetaste. Das Band setzte sich in Bewegung, aber ich vergaß, das Stereomikro anzuschalten.

Statt dessen hörte ich also das Band aus dem Kellerlager an, das ich in der Eile mitgenommen hatte.

Und auf einmal stürzte alles über mir zusammen.

Denn ich hörte plötzlich Richards Stimme: »Ich verlaß mich ganz auf dich, Liebste! Du weißt doch, wie ich es mag!«

Dann war es ein paar Sekunden lang still, und wieder ließ sich Richards amüsierte Stimme vernehmen:

»Rate mal! Und dann noch was Süßes zum Nachtisch.«

Und plötzlich wurde mir alles klar. Ich verabschiedete mich von der Fünffachmutter, bei der inzwischen jede zweite Minute eine leicht irritierte Falte zwischen den Brauen auftauchte. Dennoch setzte sie ihre Lektüre fort. (Die Falte bedeutete Preßwehen.) Dann ging ich. Meine Augen brannten, und ich spürte die Tränen, die jeden Augenblick kommen konnten. Ich ging geradewegs zum Mörder.

/senden/

»Der Fall«

An: <jonas.mansson@norrlands.folkblad.se>
Von: <malla.vilhelm@radionordost.sr.se>

Was hältst Du von einer langen Skiwanderung im Schneesturm, einem Abend im Kinocenter (2 Actionfilme, 1 Liebesfilm), der teuersten Pizza mit Rinderfilet bei Mario's oder vielleicht sogar einer Runde auf dem Stier im »Route 69«?

Die Detektivarbeit fällt nämlich flach, wenn Du herkommst. Du bist, abgesehen von den unmittelbar Betroffenen, der erste, der davon erfährt, aber in ein paar Stunden werden es die Aushänge der Abendzeitungen von den Kioskwänden im ganzen Land verkünden. Der »Fall« ist »gelöst«. Ich versuche mich gerade zu beruhigen, und etwas Beruhigenderes, als Dir zu schreiben, kann ich mir nicht vorstellen. Das Ganze war niederschmetternd einfach, mit der Betonung auf niederschmetternd.

Ich nahm ein Taxi von der Entbindungsstation nach Backnäset, dem Viertel, in dem Nisse und Bengt wohnen. Nils übernachte in der Stadt, meinte seine Frau mit mühsam beherrschter Stimme – stimmt da etwas nicht? –, aber Bengt begleitete mich zum Taxi, die Pyjamajacke in die Jeans gestopft. Dann fuhren wir zur Villa Madeleinero. Auf dem Weg erklärte ich ihm alles. Im Erdgeschoß des riesigen knarrenden Holzkastens brannte noch Licht, obwohl es schon auf vier Uhr nachts zuging. Bengt klopfte laut und unheilverkündend an der Tür, wie der Sensenmann höchstpersönlich.

Nichts geschah.

Richards riesige Stiefel standen immer noch auf der Treppe unter dem Vordach, und seine Stulpenhandschuhe lagen steifgefroren und schneebedeckt auf einer Bank. Vor der Garage hinter dem Haus befand sich der silberne Saab.

Wir rüttelten an der Haustür. Sie schien verschlossen zu sein, aber dann stellte sich heraus, daß sie nur geklemmt hatte oder vielleicht auch zugefroren gewesen war. Wir traten ein, und meine Brille beschlug sofort.

Bengt half mir aus dem Mantel und rief ins Innere des Hauses: »Maria?«

Ich putzte mir mit dem Ärmel meines Pullovers die Brille und schaute ins Wohnzimmer, in dem die Stehlampe brannte.

Dort saß MaMa in einem blauen Morgenmantel zusammengekauert auf einem alten, abgenutzten Büffelledersessel. Sie starrte in die Glut des Kachelofens und wandte uns nicht einmal den Kopf zu, als wir eintraten. Und Bengt, den ich immer für so sensibel wie eine Dampfwalze gehalten hatte, nahm sich einen Stuhl, drehte ihn herum und setzte sich rittlings darauf, die Ellbogen auf die Lehne gestützt. Er sagte kein Wort.

Nach einer Weile nahm er vorsichtig MaMas Hand. Sie ließ ihn gewähren, starrte aber weiterhin geradeaus in die Glut. Lautlos liefen Tränen über ihre Wangen.

»Was soll ich sagen?« setzte sie an. »Natürlich bist du darauf gekommen, daß ich es war, Malla oder? Du bist so intelligent und aufgeweckt. Das finde ich schon die ganze Zeit. Aus dir wird eine gute Journalistin!«

Meine widerstreitenden Gefühle verschlugen mir fast den

Atem. Eine Mörderin, die der Person, die sie entlarvt, Komplimente macht!

»Ich dagegen bin vermutlich weder das eine noch das andere«, meinte Bengt. »Mir wäre es also ganz recht, wenn du mir das Ganze erklären könntest. Ich kann mir viele gute Gründe vorstellen, Richard umzubringen – aber ich habe immer gedacht, daß du ihn vollkommen unkritisch betrachtest. Ihn liebst. Ich war verdammt noch mal sogar eifersüchtig auf ihn!«

MaMa sah ihn erstaunt an.

»Selbstverständlich habe ich ihn geliebt!« sagte sie. »Wie hätte ich ihn sonst töten können? Noch dazu mit einer Axt!«

Wir sagten nichts, sondern ließen sie einfach reden.

»Schließlich ist es nicht gerade einfach, jemanden umzubringen! Egal ob einen Menschen, einen Hund oder auch nur einen Kanarienvogel. Ich finde es immer gleich schwer, einem meiner Hühner den Kopf abzuhacken. Obwohl ich es gewohnt bin, mit der Axt umzugehen. Wir haben immer mit Holz geheizt.

Ich habe irgendwo gelesen, daß das Schwierigste bei einem Krieg ist, die Soldaten dazu zu bringen, andere Menschen zu töten. Später, wenn sie erst einmal halbverrückt vor Angst und Rachlust sind, werden sie mörderisch. Oder wenn sie auf Abstand töten dürfen, ohne daß sie ihr Opfer sehen, oder wenn es ihnen gelingt, sich einzureden, daß die Feinde Untermenschen sind.

Ich habe immer gefunden, daß das eine große Schwäche von Krimis ist. ›Normale‹ Menschen, die andere auf perfide Weise umbringen, nur um ein Erbe antreten zu können? Daran glaube ich keine Sekunde! Aber wenn jemand sehr liebt und in erniedrigender Weise enttäuscht wird, verkehren sich alle seine Gefühle gewissermaßen in ihr Gegenteil, und er haßt ebenso stark, wie er vorher geliebt hat.

Trotzdem sah ich mich gezwungen, so laut ich konnte zu schreien, um mir Mut zu machen, als ich die Axt auf Richards Kopf niedersausen lassen wollte. Sein vertrauter Nacken mit den beiden Haarwirbeln. Und der Schock, als ich ihn dann nach dem Einkaufen fand, war nicht geringer, als wenn ich nichts davon gewußt hätte. Die ganze Liebe kam zurück, als erfülle sie schlagartig ein Vakuum. Doch, man braucht schon starke Gefühle, um zu töten.

Bereits am Freitag hatte ich mich entschieden, daß ich zwischen Richards Leben und meinem wählen mußte. An diesem Tag habe ich um Haqvins Zimmer einen weiten Bogen geschlagen. Ich war mir immer sicher, daß er unsere Stimmungen lesen kann, und ich bin ihm ausgewichen ... Den Grund habt ihr sicher schon erraten, obwohl noch mehr dahintersteckte. Carina natürlich, aber daß gerade sie seine Geliebte war, das war wohl eher Zufall. Alle Frauen in seinem Leben außer mir waren eher zufällig.

Warum er immer zu mir zurückkam? Es ist schon sehr lange her, daß ich mir einbildete, er würde mich ›lieben‹. Ich glaube nicht, daß Richard auf diese Art und Weise lieben konnte. Er hatte einfach keine Lust, sich für die Gedanken oder Projekte seiner Frauen zu interessieren, für ihr Inneres oder ihre Träume, jedenfalls nicht auf Dauer. Natürlich fand er sie attraktiv und hatte Sex mit ihnen, und es gefiel ihm, sich mit Frauen zu umgeben. Es war auch bequem, mich als zusätzliche Basis zu haben – wenn er mit einer Geliebten Schluß machen wollte, derer er überdrüssig geworden war, konnte er immer sagen, er müsse zu seiner armen Ehefrau zurück, weil diese nicht ohne ihn zurechtkomme ...

Und bei mir war da noch etwas. Als ich Richard begegnete, besaß er nichts weiter als ein klappriges Motorrad und einen Haufen Schulden. Ich war reich, das kann man wohl mit Fug und Recht behaupten. Durch mich konnte er ein bequemes Leben führen. Ich sorgte dafür, daß er über mein Geld verfügen konnte, damit er sich nicht gedemütigt oder unbedeutend fühlte. Die Liebe machte aus meinem Besitz ›unseren‹.«

»Maria …«, begann Benke, aber sie hob die Hand und brachte ihn zum Schweigen.

»Seit unserer Heirat sind zwanzig Jahre vergangen. Zwanzig mal dreihundertfünfundsechzig … Jeden Tag in all diesen Jahren habe ich mich gefragt, wie hoch der Preis sein mag, den ich zu zahlen gewillt bin, um in Richards Nähe zu sein. Ihn lieben zu dürfen. Der Preis, keine Kinder zu bekommen, zum Beispiel. Am Anfang ging ich davon aus, daß wir eine Familie gründen würden wie alle anderen. Aber das trieb mir Richard schnell aus. Mir wurde einiges klar, als ein Nachbarsjunge eines Tages mit seinem Fußball eines unserer Fenster zerbrach. Richard geriet vollkommen außer sich. Der Junge machte sich vor Angst in die Hose, und der Vater hätte fast eine Anzeige erstattet. Aber Richard grinste nur. ›Kids cramp my style!‹ sagte er. ›Du hast doch wohl nicht vor, mir dauernd mit einem Kinderwunsch in den Ohren zu liegen, Maria?‹

Und trotzdem liebte ich ihn. Seine Nähe machte mich high, eine bessere Beschreibung habe ich dafür nicht. Manchmal war das schon ein unglaubliches Gefühl. Er tat mir sogar hin und wieder regelrecht leid, weil er es nicht selbst erleben konnte …

Richard hatte Sinn für Geld. Es gefiel ihm, in den teuersten Möbelladen der Stadt zu marschieren, einen Ledersessel zu bestellen – und ihn bar zu bezahlen. Ihr habt Richards Zimmer gesehen, ihr habt vielleicht auch gemerkt, daß er sich so einiges leistete. Dazu das Motorrad und die Reisen. Ich konnte dir das damals nicht sagen, Malla, aber die meisten Reisen, von denen du Fotos in unserem Album gesehen hast, hat Richard allein unternommen oder mit einem

›Freund‹. Ich gehe davon aus, daß es sich immer um seine Freundinnen handelte. Er konnte machen, was er wollte, er konnte frei über das Konto verfügen.

Bis wir damit anfingen, unsere Bankgeschäfte über Internet abzuwickeln. Ich kannte mich nun einmal viel besser mit Computern aus, und Richard machte Fehler. Es war sicher nicht beabsichtigt, daß ich das Konto finden sollte, auf das er einen Großteil des Geldes eingezahlt hatte, das er über Jahre hinweg von unserem gemeinsamem Konto abgezweigt hatte. Das ist erst wenige Wochen her und war für mich wie ein Sturz in einen Abgrund.

Mehrere Jahre lang hatte ich mir bereits Sorgen darüber gemacht, wie schnell mein Erbe zusammenschmolz. An diesem Tag begriff ich, warum. Systematisch hatte er einen Tausender nach dem anderen auf ein Konto transferiert, über das nur er verfügen konnte und das er bei einer anderen Bank unterhielt. Ich wäre nie darauf gekommen, wenn ich nicht den Zettel mit seiner Geheimzahl gefunden hätte.

In dem Augenblick, in dem ich seinen Kontostand las, der ein Vielfaches unseres gemeinsamen Kontos betrug, wußte ich, daß er mich verlassen würde, um ein neues Leben zu beginnen. Dann würde ich ganz allein sein: ohne Familie, ohne Kinder, wahrscheinlich auch ohne Haus, denn das würde ich mir nicht mehr leisten können. Ich hatte nicht mal richtige Freunde. Meist saß ich zu Hause und wartete auf Richard.

Und ich würde ihn verlieren! Das war das einzige, was mir noch etwas bedeutete. Eigentlich war es schon schlimm genug, von seiner Affäre mit Carina zu erfahren, denn sie ist so schadenfroh und gemein. Sie würde ihn bekommen, jedenfalls eine Zeitlang. Ich konnte diesen Gedanken nicht ertragen, und ich wußte, daß ich nicht die Kraft hatte, ihn mit seinem Betrug zu konfrontieren.

Also entschloß ich mich, ihn zu töten. Ich begriff plötzlich, daß dies das einzige war, was mir zu tun blieb. Wenn ich nicht allein dasitzen wollte, aufgrund schwerer Depressionen frühzeitig aus dem Arbeitsverhältnis ausgeschieden und in einer häßlichen Einzimmersozialwohnung in einem grauen Vorort. Sein Leben oder meins. Ich hatte nichts zu verlieren – ihn hatte ich ja bereits verloren.

Ich grübelte ein paar Tage und wurde fast verrückt dabei. Schließlich wollte ich gern ungeschoren davonkommen – aber wenn ich ihn zu Hause getötet hätte, dann hätte ich die Tat nie leugnen können. Ich mußte es irgendwo tun, wo auch andere verdächtigt werden würden. Und in meiner schwarzen Seele flüsterte es: ›Meinetwegen Carina ...‹

Plötzlich kam mir Richard zur Hilfe! Wochenlang war er herumgelaufen und hatte fröhlich vor sich hingesummt, als freue er sich über ein Geheimnis. Ich ging davon aus, daß es sich um die Pläne für sein neues Leben handelte, aber vermutlich war es noch mehr.

Am Samstag vor seinem Tod erzählte er mir, er schreibe einen Krimi. Er habe sich die perfekte Intrige ausgedacht, einschließlich eines ›verschlossenen Raumes‹! Er sollte ›Mord live‹ heißen und beim Radio spielen.

Es mag zwar vollkommen abwegig klingen, aber Richard plante seinen eigenen Mord! Er servierte mir den Plan auf einem silbernen Tablett – wie man Zeiten durcheinanderwirbelt und den Leuten Sand in die Augen streut. Montag hätte er seine Ideen an euch, den Kollegen, ausprobieren wollen. Sozusagen die Generalprobe. Ich mußte versprechen, ihm dabei zu helfen.

Wir wollten sehen, ob man mit Hilfe der Technik ein wasserdichtes Alibi auf die Beine stellen kann. Ich sollte so tun, als würde ich mit ihm sprechen, obwohl er sich bereits woanders befand. Dabei sollte ich in der Tür des einen Studios stehen und mit der Fernbedienung das Band mit seinen Antworten an- und abstellen, damit alle später beschwören würden, ich hätte mit Richard gesprochen, der dort drinnen saß. Nachdem ich gegangen war, leuchtete das rote Lämpchen über der Studiotür, ein deutliches Zeichen, daß das Studio besetzt ist. Wer wäre schon darauf gekommen, daß ich vorm Schließen der Tür das Lämpchen angeschaltet haben könnte? Um Carina zu ärgern, brachte ich Richard sogar dazu, zärtliche, liebevolle Dinge zu sagen – zu mir, und zwar so, daß sie es hören mußte! Ich bestand darauf, und er hatte keine Einwände, sondern lächelte nur etwas spöttisch.«

»Aber ich verstehe nicht ...«, murmelte ich. »Das Studio war doch gar nicht leer. Richard war doch gar nicht weggegangen – er war dort, und er war tot! Als ich das Band mit seinen Antworten fand, war mir klar, daß er schon früher an diesem Morgen erschlagen worden sein mußte. Und nur du kamst in Frage, da du so getan hattest, als würde er noch leben ... Hast du wirklich dagestanden und nett mit ihm geredet, obwohl er mit eingeschlagenem Schädel vor dir lag? Du?«

Es schauderte mich. Sie merkte das, nickte und schlug die Hände vors Gesicht. Bengt betrachtete sie unverwandt. Ich konnte seinen Gesichtsausdruck nicht deuten. Bewunderung?

MaMa fuhr fort:

»Wir waren beide früh dran und wußten, daß wir bis um sieben im großen und ganzen ungestört bleiben würden. Richard sah sich rasch Haqvins Plattenliste an, die mußte schließlich in Ordnung sein. Dann begannen wir gegen Viertel vor sieben ›Frisch aufgebrüht‹ aufzunehmen. Richard fand, eine halbe Stunde müßte reichen. Der Gedanke – sein Gedanke! – war, daß er das Studio 2 gar nicht betreten würde, wenn das Programm um halb acht begann. Ich sollte das Band einlegen, das er aufgenommen hatte, und in der Studiotür die Show mit seinen aufgenommenen

Antworten aufführen. Er wollte sich irgendwo im Keller verstecken, etwa bis zum Anfang der Acht-Uhr-Nachrichten. Dann wollte er wieder in die Zwei stürzen und die zweite halbe Stunde des Programms live senden. Alle beim Sender und außerdem noch siebzigtausend Hörer in der Provinz würden ihm für die Zeit zwischen halb acht und acht ein wasserdichtes Alibi geben.«

»Warte mal ... warum ...?« Bengt kratzte sich am Kopf.

»Um zu testen, ob überhaupt jemand was merken würde, ob seine Idee hinhaute. Richard hatte sich auch das mit den Regencapes ausgedacht. Wir waren sogar noch am Vorabend zur Generalprobe im Sender gewesen. Du warst doch auch da, Malla, du hast mir einen wahnsinnigen Schrecken eingejagt. Hast du nicht gesehen, wie ich mit einem dieser Regencapes durchs Haus gelaufen bin? Es war Richards Idee, die zu verwenden. Ich begreife nicht, warum er ein solches Detail vorbereiten mußte, schließlich sollte es nie blutiger Ernst werden, aber er wollte wohl alles so realistisch wie möglich durchziehen ...

Wo war ich stehengeblieben? Also, Richard setzte sich einfach in die Zwei, um eine halbe Stunde seines Programms aufzunehmen. Wir hatten wenig Zeit, jede Sekunde war kostbar. Es war wichtig, eine volle halbe Stunde von ›Frisch aufgebrüht‹ aufs Band zu bekommen. Der einzige Mensch im Sender warst du, Malla, und du kommst morgens nie in die Zwei, das weiß ich.

Um zehn vor sieben ging ich runter in den Keller und zog ein Regencape an. Da könnte Stig mich gesehen haben. Dann nahm ich die neue Axt, die ich mal gekauft hatte, um zu Hause den Hühnern den Kopf abzuhacken. Die hatte ich im Keller versteckt. Eine vollkommen anonyme Waffe. Dann ging ich die Kellertreppe hoch und durch die Eingangshalle, riß die Tür zu Richards Studio auf und hob die Axt.

Es lief gerade eine Platte, die Hörer hörten mich also nicht schreien. Er hatte nur noch genug Zeit, hochzuschauen und zu sagen: ›Was zum Teufel …‹ Da schlug ich auch schon zu. Treffsicher. Zielen kann ich, und stark bin ich auch! Ich hatte das weiße Regencape an, das ich dann auf der Toilette auszog. Dann legte ich es in eine Plastiktüte, die ich später in den Keller trug.

Das Ganze war vollkommen unwirklich, wie im Film – und ich spielte natürlich so gut, wie ich nur konnte. Beispielsweise als ich mit dir darüber redete und scherzte, Malla, wie hungrig Richard und ich seien. Da lag er bereits da drin und war alles andere als hungrig …

Ich tötete ihn kurz vor sieben, eine Dreiviertelstunde vor dem Mord, den alle im Radio hörten. Dann hockte ich mich ins Kabuff, damit niemand zufällig reinkommen und vielleicht einen Blick durchs Fenster in die Zwei werfen würde. Er lag also schon dort, als Carina, Dave, Benke, Nisse und Haqvin zur Arbeit kamen. Das machte mir natürlich einen Strich durch die Rechnung, denn Dave und Nisse kommen sonst nie so früh, aber Dave wollte Carina nicht aus den Augen lassen. Benke verläßt das Obergeschoß während der ersten Sendestunde normalerweise nicht und Haqvin nie. Ich hatte mir die Sache so zurechtgelegt, daß Carina zur angeblichen Tatzeit allein im Eingangsbereich sein würde. Dann wäre sie automatisch die einzige Verdächtige gewesen … Das war zwar gemein, aber Carina tat mir einfach nicht leid, sie hatte sich meinen Mann unter den Nagel gerissen, ohne auch nur einen Augenblick daran zu denken, welchen Kummer sie mir damit bereitete.

Schließlich waren Bengt, Nils, David und Carina alle vier in der Eingangshalle, aber das war mir egal – mich würde keinesfalls jemand verdächtigen! Ich nahm also die Kassette mit der Aufnahme, legte sie ein und ging mit dir, Malla, zu Statoil! Als ich zurückkam und Richard erschlagen vorfand, war meine Trauer übrigens echt. Ich weinte so sehr, daß es mir kaum gelang, die Kassette mit seiner Sendung und die mit seinen Antworten aus den Tonbandgeräten zu nehmen! Ihr habt mich schließlich dort drinnen alleingelassen, als ihr zum Telefon gerannt seid. Das waren die Sekunden, die ich brauchte, um die Spuren zu vertuschen. Es gab nur ein kurzes Rauschen auf dem Referenzband. Das Schreckliche war nur, daß ich das eine Band verloren haben muß, als die Sanitäter eintrafen. Ich habe es später nicht wiederfinden können.«

»Wahrscheinlich hat Dave es auf dem Fußboden entdeckt und es in die Kiste mit den gebrauchten Kassetten gelegt, zur Wiederverwendung«, murmelte ich. »Dort habe ich es gefunden. Aber kann ein Arzt nicht anhand der Körpertemperatur feststellen, wann ...«

»So exakt? Nur in Kriminalromanen!« sagte MaMa. »Es war schließlich nur eine Dreiviertelstunde vergangen, seit ich ihn getötet hatte! Außerdem war es im Gebäude ungewöhnlich warm. Und siebzigtausend Hörer können sich schließlich nicht irren ...«

»Hast du auch alle seine Notizen mitgenommen, MaMa? Und weißt du, mit wem er sich am Telefon gestritten hat?«

Sie lächelte, und zum ersten Mal in dieser Nacht wirkte das Lächeln fast echt.

»Telefon?« sagte sie. »Notizen? Nach sieben, während ich im Kabuff saß, schrieb und telefonierte er nicht mehr. Aus dem einfachen Grund, daß er da schon tot war.«

»Aber ...«

»Malla, erinnerst du dich, wer dir – und der Polizei – von den Telefongesprächen und den Briefen erzählt hat?«

»Das warst – du ...«

»Genau. Und obwohl es mir leid tut, das du all das miterleben mußtest, Malla, so hast du vielleicht dabei gelernt, nur noch das zu glauben, was du mit eigenen Augen siehst.

Das ist von Vorteil, wenn man Journalistin ist. Klar, daß ich mir das alles ausgedacht hatte, um noch mehr Verwirrung zu stiften. Wie ein Zauberer, der mit der einen Hand in der Luft herumfuchtelt und sie anstarrt! Das Publikum folgt seinen Blicken, und er kann mit der anderen Hand tun, was er will …«

Eine Weile wurde es still.

»Aber warum …«, begann ich, und im selben Augenblick fuhr MaMa fort: »Klar, daß du dich das fragen mußt …«

Wir lächelten uns an.

»Du fragst dich natürlich«, meinte sie, »warum ich dich die ganze Zeit mit Aufnahmen von Richards Lachen erschreckt und dir Audiodateien auf den Rechner gespielt habe. Da bin ich mir selbst nicht so ganz sicher. Vielleicht wollte ich ja gefaßt werden. Die Audiodateien hatte ich aus einem Krimi zusammengeschnitten, den Richard vor einigen Jahren im Radio gelesen hat. Meine *Absicht* war es, dir einen solchen Schrecken einzujagen, daß du ganz einfach deine Nachforschungen einstellen würdest. Ich habe dich am Telefon mit deinem Freund reden hören, und mir war klar, daß ihr den Mörder entlarven wolltet. Außerdem hatte ich Angst, daß ihr durch eure Schnüffelei einen unserer Kollegen in Schwierigkeiten bringen könntet … Dieses blutige Cape war übrigens eine meiner roten Leghorn-Hennen …«

»Und Richards Auto?«

»Damit bin natürlich ich zum Funkhaus gefahren! Als ich anrief und vom Diebstahl erzählte, saß ich übrigens in Sias und Annikas Zimmer. Ich war dir und Jonas in die Stadt gefolgt und hatte mich durch den Keller geschlichen, um die letzte Richard-Datei zu löschen. Außerdem wollte ich euch im Auge behalten …«

Sie begann wieder zu weinen.

»Verzeiht mir! Ich wollte euch nichts antun! Aber ich hatte das Gefühl, daß du der Lösung immer näher kamst.

Du bist ja so intelligent. Und ich habe mich so dumm angestellt und habe so viel riskiert. Ich muß mich danach gesehnt haben, daß das Lügen ein Ende nimmt!«

»Du solltest dir gar nicht so sicher sein, daß du ins Gefängnis kommst, Maria!« sagte Benke. »Das Ganze ist wirklich hochkompliziert, so viele Vielleichts und so viele Zufälle, daß ich nicht einmal die Hälfte begriffen habe! Du wirst sehen, daß sie dich gar nicht verurteilen können!«

»Aber ich will verurteilt werden!« sagte sie traurig. »Damit ihr nicht mehr verdächtigt werdet. Und in Hinseberg ... in der Klapse ... bin ich dann jedenfalls nicht allein ...«

/senden/

Im Glasverschlag VI

Endlich, endlich haben die Geräusche in dem alten Kaufmannshaus wieder einen normalen Pegel erreicht. Nichts mehr in meinem Hinterkopf knirscht, birst oder pfeift.

Maria hat uns alles bei einer Morgenbesprechung (mit Kopenhagenern!) gebeichtet, die Zeitungen lassen uns in Ruhe, und wir kommen allmählich wieder an den Punkt zurück, an dem wir uns vor einigen Wochen befanden. Wir haben sogar eine Vertretung für Richard gefunden, einen dicklichen Typen mit gerötetem Gesicht, der ein wenig an ein eifriges Hündchen erinnert. Er will niemandem was Böses und bettelt darum, endlich Reportagen machen zu dürfen. Der totale Gegensatz von Richard.

Nils' Geheimnis ist in Vergessenheit geraten. Niemand hat Lust, dem noch weiter nachzugehen. Das freut mich natürlich. Ich habe ihm versprochen, daß er zu mir nach Hause kommen kann, um sich in aller Ruhe zu schminken, und ich werde sogar mit ihm ausgehen, wenn er das will. Alle werden sich dann erzählen, daß Haqvin Storfjell endlich eine Frau gefunden hat. Aber wer ist sie nur? Hat er sie über eine Anzeige kennengelernt? Ist sie eine russische Prostituierte? Ich finde, das ist ein amüsanter Gedanke ...

Der Prozeß gegen Maria beginnt nächsten Monat. Bis dahin ist sie noch auf freiem Fuß. Stig steht ihr treu zur Seite, und es ist ihm so wichtig, ihr eine Hilfe zu sein, daß er schon seit mehreren Wochen nüchtern ist. Gestern sah ich sie im schwachen Winterlicht Hand in Hand schweigend zum Fluß gehen. Ich freue mich für beide. Heute morgen habe ich »Eleanor Rigby« für sie gespielt. Und wenn nicht gerade Stig bei Maria ist, dann kümmert sich Che um sie. Die beiden haben darüber nachgedacht, zusammenzuziehen, wenn Maria ihre Strafe verbüßt hat.

Meine kleine Malla, die mich anfänglich überhaupt nicht leiden konnte, hat mir inzwischen verziehen, daß sie aus mir nicht schlau wird. Gestern war sie in meinem Zimmer und hat Musik gehört, und ich habe ihr dabei geholfen, eine Geburtstagsplatte auszusuchen – für den schlaksigen Jüngling mit dieser eckigen schwarzen Brille, eine von der Sorte, die ich schon unmodern fand, als ich zwanzig war. Ich wählte eine Neuaufnahme des alten »Je t'aime ... moi non plus«. Ich glaube, daß er sich von etwas französischem Gestöhne ermutigen lassen muß, damit er endlich mal die Brille abnimmt und ihrer Begeisterung entgegenkommt ... Er und Malla passen sicher gut zusammen, aber es ist noch zu früh für irgendwelche Prognosen, sie sind noch so formbar und weich wie Fensterkitt. Es wird noch lange dauern, bis sie erstarren und in ihrer Form trocknen. Wie ich hier in meinem Glasverschlag. Aber es gefällt mir hier.

Es gibt nur noch ein Geheimnis, doch ich habe beschlossen, es nie preiszugeben. Ich glaube, es würde Maria mehr verletzen als alles andere, was Richard ihr angetan hat.

Richard schrieb gar keinen Krimi.

Als ich vor einigen Tagen die Audiodatei auf Mallas Computer mit Richards boshaftem Lachen öffnete, strömten mir seine Gedanken entgegen, so deutlich wie in einem Film.

Richard hatte vor, sich mit Marias Hilfe ein richtig gutes Alibi zu verschaffen. Maria, die er umbringen wollte. Zusammen dachten sie sich eine kunstvolle Intrige aus: mit seiner Stimme auf Band und einer Unterhaltung durch die halboffene Tür mit Hilfe der Fernbedienung. Während der ganze Bezirk seiner »Livesendung« lauschte, wollte er sie sich vom Hals schaffen, und zwar definitiv. Er wollte ihr im Keller auflauern, sie erwürgen, in der Abstellkammer hinter dem Ruheraum verstecken und dann ins Studio zurückkehren. Riskant wäre nur der Augenblick gewesen, in dem er das Studio wieder betreten hätte, aber wer hätte sich schon etwas dabei gedacht, wenn er zwischendurch schnell auf die Toilette geeilt wäre? So genau achtet man schließlich nicht aufeinander.

Wäre Maria gestorben, hätte alles ihm gehört. Er hatte auch nicht sonderliche Angst davor, gefaßt zu werden, falls die Polizei die Intrige wirklich durchschaut hätte. Für diesen Fall hatte er seine Flucht bereits vorbereitet. Ich sehe ein kleines Haus mit Terrasse vor mir, umgeben von Bougainvillea und weißem Oleander.

Das alles wäre ihm sicher gelungen, wenn ihm Maria nicht zuvorgekommen wäre.

Man könnte behaupten, daß das Opfer seinen eigenen Mord geplant hat.

Katarina Mazetti

Der Kerl vom Land

Eine Liebesgeschichte. Aus dem Schwedischen von Annika Krummacher. 202 Seiten. Serie Piper

Zwischen Desirée und Benny funkt es, und zwar ausgerechnet auf dem Friedhof. Nach einigen Wochen voller Leidenschaft schiebt sich der Alltag störend dazwischen – und die gegenseitigen Erwartungen: die Bibliothekarin und der Landwirt leben in zwei völlig unterschiedlichen Welten. Benny braucht eine handfeste Frau, die ihm auf dem Hof zur Seite steht, und Desirée interessiert sich vor allem für Literatur und Theater. Voller Situationskomik erzählt Katarina Mazetti von einer ganz und gar ungewöhnlichen Liebe.

»Eine sehr komische und gleichzeitig sehr tragische Geschichte, mit viel Humor und Feingefühl erzählt. Ein Buch, das Mut zum Außergewöhnlichen macht.«
Westdeutscher Rundfunk

05/1432/02/L

Arne Dahl

Misterioso

Kriminalroman. Aus dem Schwedischen von Maike Dörries. 345 Seiten. Serie Piper

Kaum ist Paul Hjelm, Inspektor der Stockholmer Polizei, zur Sondereinheit für besonders schwierige Fälle berufen worden, da hat er es schon mit einem kaltblütigen Serienmörder zu tun: drei unbescholtene Geschäftsleute – hingerichtet mit Kopfschüssen aus nächster Nähe, nach einem präzisen Ritual. Eine erste Spur, die zu einer Geheimloge führt, erweist sich als Sackgasse. Ist womöglich die russische Mafia in die Morde verwickelt? Doch dann die heiße Spur: ein Jazzstück mit dem bezeichnenden Titel »Misterioso« …

»Sein Erzählstil ist dicht, seine Figuren sind glaubwürdig gezeichnet, seine Geschichte gut durchdacht und geschickt konstruiert.«
Westdeutsche Zeitung

05/1525/01/R

Emma Vall

Lautloser Fluß

Roman. Aus dem Schwedischen von Lotta Rüegger und Holger Wolandt. 286 Seiten. Serie Piper

Als eine Frauenleiche im Selångerfluß gefunden wird, ist die Polizei in Sundsvall ratlos. War die junge Estin eine Prostituierte, die im neu eröffneten Kasino gearbeitet hat? Oder hat der Mord etwas mit der großen Kunstmesse zu tun, die Besucher aus dem ganzen Land anlockt? Ein Fall für die engagierte Journalistin Amanda Rönn, die sich für die Ereignisse hinter den Kulissen zu interessieren beginnt. Gibt es da eine Wahrheit, die nicht ans Tageslicht darf? Als wenig später ihre beste Freundin, die Künstlerin Sara, kurz vor der Eröffnung ihrer umstrittenen Ausstellung spurlos verschwindet, ahnt Amanda, daß jede Sekunde zählt …

»›Lautloser Fluß‹ ist ein temporeicher und spannender Journalistenkrimi, und die drei Frauen hinter dem Pseudonym Emma Vall scheinen ein fest zusammengeschweißtes Team zu sein.«

Vadstena Tidning

05/1526/01/L

Karin Fossum

Dunkler Schlaf

Roman. Aus dem Norwegischen von Gabriele Haefs. 263 Seiten. Serie Piper

Sie gehört zu den Meisterinnen ihres Genres: die Norwegerin Karin Fossum. In diesem packenden Kriminalroman recherchiert der wortkarge Kommissar Konrad Sejer den Fall der sonderbaren Irma Funder: In deren Keller liegt ein sterbender junger Mann – und für Sejer beginnt ein Wettlauf gegen die Zeit, den er nicht gewinnen kann … Ein fesselndes Psychogramm, in dem sich die Grenzen zwischen Opfer und Täter immer mehr verwischen.

»Seit Jahren schon erweist sich Karin Fossum mit ihren anspruchsvollen, lebensklugen Sozialthrillern als ebenbürtige Kollegin von Henning Mankell.«

Der Spiegel

05/1482/01/R